精神科は今日も、やりたい放題

医者が教える、過激ながらも大切な話

内海 聡

PHP文庫

○本表紙図柄＝ロゼッタ・ストーン（大英博物館蔵）
○本表紙デザイン＋紋章＝上田晃郷

文庫版はじめに

この本が出てもう七年以上になる。出版に向けて取り組みはじめたのは八年近く前だ。このたびこの本が出版されることになったのは、ＰＨＰ研究所のご厚意によるものだが、ベストセラーであった『精神科は今日も、やりたい放題』は、出版元の倒産により絶版になったという事情があり、今回文庫化されるに至った。この場を借りて、まずは感謝を述べさせていただきたい。

さて、この本は自戒の書であり、精神科の治療はもとより発達障害に代表される精神科病名がいかに嘘であるか、精神科の教科書に従って自分が発信していたことがいかにずれていたか、を吐露《とろ》した著書である、と「はじめに」に記してある。しかし七年たった現実を観察するに、この本がベストセラーとして二〇回以上の重版を繰り返し、多くの関係者がこの本を手に取ったあとでも、業界自体は変化していないことがわかる。

いや、はっきりいってしまえば、精神医療界や製薬業界は、さらに治さない医療モデルの促進、ビジネスの導入を進めており、日本人はその犠牲になっている。そしてさらに付け加えるとすれば、それを求めているのは精神科医や製薬会社ではなく、患者本人であり患者家族であり、政治家であり官僚であり医療関係者であり、教師であり保育士であり福祉士であり、つまり、市民が求める形になっている。

ＳＮＳで情報が広がり、人々がさまざまな裏側を見ることになっても、日本という国はなに一つ変化してこなかった。日本人は変化することに興味などなく、いかに目先のことしか考えていないのかよくわかる証左《しょうさ》だが、この一〇年の活動を振り返って、医療に関する批判運動、精神科問題に関する啓蒙《けいもう》活動はまったく無駄だったのだと確信している。もうやる意味はないのだろうと思いながら、この本は別の出版社から文庫化される。

この矛盾はなんなのだろう。出版を経験した方ならご存じだと思うが、本を出すということは、印税一つをとっても、ビジネス的にはあまり「うまみ」がない。「真実を知ってほしい」というのは建前で、ほとんどの人は自分の主張を訴えたり、記録を残したりしておきたいとか、自分の怨念《おんねん》とか、そういうものを抱えながら執筆している。

では私自身は、どのような秘めた感情を持ちながら執筆を繰り返してきたのであろうか。この一〇年で約四〇冊近い著書が出て、もう書くこともなくなってしまった。出しても無駄だと思っているならこれ以上、執筆する必要はないはずである。ビジネスだけでいうなら毎日普通に仕事をしているほうが、間違いなく稼ぎ率はいいはずである。そう思って振り返ってみるに、結局この活動をやってきたのも、この本を書いたのも、自分のためだったのだと思う。

私の本にはすべて娘と妻への感謝がつづられているが、実際この二人がいなければ私の活動は成立しなかった。それはそれとして私がこの本を書いたのは、調査であり自分が納得するためであったのだろう。

陰謀論を知っておきたかったし、精神医療界や製薬業界の実情の整理、また、真実欲求の強いアンチたちとはいったい何なのか、といったことを知りたかったのだと思う。

医者を一八年、この世界のアンチ活動をやって一〇年、それにより精神科や製薬会社以外にもさまざまな問題を見てきた。
そんな中、本を書いて私がいちばんよかったと思えるのは、そのような事例を生で山ほど見ることができたことだ。この本が売れたから、そのような経験を集積できたのだといっていい。今回の文庫化で読み直してみたが、いま自分が読んでも色褪《あ》せていない本だと思う。それはいまも抱く前述のような心情が、各所に散りばめられているからなのか、と思っている。そういう本だからこそ残せてよかったのかもしれない。

二〇一八年七月

内海 聡

はじめに

この本は自戒の書である。

こんな始まりも珍しかろう、なぜ自戒か少し説明しなければなるまい。

私はこの本を執筆する前にある活動にかかわった。それは精神科セカンドオピニオン活動と呼ばれるもので、『精神科セカンドオピニオン2』(共著)、『精神疾患・発達障害に効く漢方薬』という二冊の著書を世に出すことができた。また一般書として『日本の「薬漬け」を斬る』(共著、日新報道)も出版することができた。

セカンドオピニオン活動というのは、ネット上で行なう、診断の見直しや薬の相談に関するボランティア活動であり、批判も多々あったが、重症な患者さん、ドクターショッピングを繰り返す患者さんたちの相談に応じてきた。

相談を受けることにより良くなる人が過半数いた中で、一部の人たちに悪化する方々がいたのも現実である。悪化した原因はほとんどが病気などの悪化によるものではなかった。それらのほとんどは元々ある症状や病状とはまったく無関係の、いわゆる精神薬による禁断症状であった。このことについては本論の中で触れる機会が多数あるであろう。

これらの執筆や活動の中で、私は精神科における正しい診断の重要性、その診断に基づく正しい治療の選択、そして薬をいかにうまく、害なく使っていくかにこだわっていたと思う。

しかしより多くの相談を受け、裏事情を知れば知るほど、その思想そのものがすでに精神医療界に洗脳されているも同じであり、むしろ害を広げているのではないかと思うようになった。

「精神疾患という詐欺」について気づくためには、まず精神疾患が規定されたいきさつについて知らねばならない。そのうえで現在の世界の動向と、精神医療に関する利権の動きに注目する必要がある。現場として、世論としての、精神疾患という存在の拡大解釈に注意を払わねばならない。

なぜ日本でここまで精神科や心療内科が拡大したのか、メンタルヘルスにかかわる人が増えたのか、周囲に精神疾患で治らない人がほとんどなのか、そのすべてをここで書いてみたいと思う。

この本を書くということはつまり、この精神医療界、ひいては医療界全体にとって、私は重大な裏切り者ということになるだろう。事実あらゆる友人、知人に止められたことは否定しない。

しかし私は筆を止めることができなかった。私自身、人を癒《いや》すような大きな包容力もないので、人を助けるためには、人より少し秀でている「口」と「反逆心」によって、何かを気づいてもらうくらいしかできることがないと思ったからだ。

私自身は間違いなく「人でなしのやくざ医者」であると確信している。なぜ人でなしか、それもまた本文を読んでもらううちに明らかになるだろう。

この本に書かれているようなことは、ほかの日本人医師の著書にはまず書かれていないと思う。日本ではずっと前からタブーであったからであり、これを正直に述べる人間は、患者さんにとっては人の痛みを理解しない人間と受けとられたからだ。また精神医療界にとっては内部告発そのものであったからだ。

しかしその言い訳はもう限界に近づいている。日本で行なわれている精神医療の現実を、読者の皆さんもそろそろ知らねばならない時期に来ているのだ。

このような流れや、日本国内における精神科や心療内科への不満を鑑みると、自著の三冊である『セカンドオピニオン2』『精神疾患・発達障害に効く漢方薬』『日本の「薬漬け」を斬る』は、膿《うみ》を出すための内容などではなく、消毒薬をつける程度の働きしかなかった。

現在すべての人々から医療関係者、果ては医師や精神科医に至るまで、精神医学の教科書は正しい存在であり人々のために寄与すると考えているはずである。しかしそうではなかったのである。精神医学の教科書、精神医学の実践こそが人々の脳を破壊し、人々の精神を破壊する元凶であることに、私は気づいていなかった。自著の三冊は根源たる問題に目を向けることなく、精神医学の教科書を妄信して書いてしまった本だったのである。これでは根本的な問題を解決できるはずもない。

今こそ精神医療の被害や問題点を世に問うとともに、自分自身が行なってきた活動における、自分自身の罪を問いなおすときであるからこそ、深い自戒を込めてこの本を世に送り出したい。

最後に業界の批判を顧みず出版を決断していただいた方々と、どんなときでも、どれだけ敵を作っても、強く私を支えてくれる妻とわが愛娘に感謝の意を表したい。

目次

精神科は今日も、やりたい放題

第1章 精神医学はやりたい放題！

ある患者の入院体験　45
なぜ精神病院でこれほどの人が死ぬのか　47
都内不審死から続々検出される精神薬　52
一〇日間の医療保護入院　54
副作用の報告　61
精神医学は「やりたい放題」の世界　68

第2章 私が精神医学を「詐欺」と呼ぶワケ

第3章　これは病気ではない

第1章

精神医学はやりたい放題！

●──精神医学はなぜ生まれたか？

みなさんは精神医学の発祥がいつごろかご存じだろうか？

精神という存在について考察してきた過去の偉人はたくさんいても、精神を医学と結びつける考えは近代まで存在しなかった。教科書的には一八一八年とされていて、今から約二〇〇年前である。

他の医学と比べて歴史が浅いのは、他の病気と違って精神の動向が個性や宗教、哲学と結びつけて考えられたからであり、「病気である」という認識が存在しなかったからに他ならない。

その精神病者の処遇については、古代においても現代においても大きな違いはない。

要するに、大多数一般の目から見て異質であり、社会的に好ましくないものを規定し、隔離するというのが、考え方の基本として存在してきた。その呼び名が狂人であったり変人であったり天才であったりしたものが、「精神病者」に変わったにすぎない。

つまり精神医学であろうと心理学であろうと、その発祥と起源をたどれば優生学という概念にたどりつく。

自分は「変」ではなく、他の人間は「変」である、なので「自分のほうが優れている」という考え方が根本にあり、逆にいえば、「なぜ彼らは劣っているのか」ということを学問として規定したいがために発生したという点において、精神医学は他の医学とはまったく違う動機性を持っている。

そして、すべては根本的に優生学の考え方をもとに進められてきた。精神医学のさまざまな歴史は歴史書に譲るが、それらの目的は人を救うという点ではなく、人を矯正、洗脳し、問題行動を示すすべてのものを排除しようとするものであった。

そうやって精神医学はあらゆる問題に利用、応用されてきたのである。民族差別しかり、人種差別しかり、集落的差別しかり、政治犯や反逆者に対する扱いしかりである。

それは現代精神医学においても変わらず、措置入院しかり、医療保護入院しかり、大量の薬物投与しかり、保護室による拘束しかり、電気けいれん療法しかり、患者会や家族会の構成しかりである。

●――非科学としての精神医学

精神医学はその精神症状を「脳の異常」としてとらえようとするため、今ふうにいえば、理系的に考えようとする分野であるらしい。

それに対して、心理学は脳というより「心理的動向」を基調として物事を考えていくため、ある意味、文系的といえるらしい。

脳や遺伝子という問題よりも、個性としてアプローチする心理学のほうが、一般人には受け入れられやすいのは事実だが、本来そのどちらかが優れているとかいう問題ではなく、双方の視点から人間の探求に向かうことがなければならない。

しかし残念ながらその協調は、現代においてもほとんど見られないのが実情だ。

そもそも「脳の異常」というが、精神医学においていまだに疾患の原因は科学的にわかっていない。薬物の効果についても同様である。

今ある疾患理論、薬物理論というのは、すべて二〇一二年現在でも仮説である。証明されたり因果関係を導けたりするものが何一つないのだ。それはつまり精神医学、精神疾患のすべてが主観であり、医師の人格にゆだねられているという危うさの裏返しでもある。

それにもかかわらずこの分野が、科学であるはずの「医学」として普及してきたことは、一種の驚きであるといえる。非常に非科学的なはずの精神医学が、あたかも科学的であるかのように扱われることによって、さまざまな被害の温床となってきたのである。

●――その日の気分で決まった「診断基準」

科学といえないからこそ、精神科の診断基準はとてもいい加減である。

たとえば「DSM」(精神疾患の診断と統計マニュアル)というアメリカの精神科診断基準に関しては、製薬会社と癒着の深い精神科医が、多数決やその日の気分で診断基準を決めた、というエピソードが残っているくらいである。「DSM」は現在まで第四版が発行されており、二〇一三年に発表する第五版の編纂作業がアメリカ精神医学会によって進められている。

「DSM(第四版)」で編集委員長を務めたアレン・フランセス医学博士は、「DSM(第五版)」について反省を込めて以下のように述べている。

「『DSM(第五版)』は(中略)とんでもない処方にもつながりかねない未検証の新たな診断の導入である。こうしたレッテルを貼られた(しかも多くの場合、誤ったレッテルが貼られているのだが)子どもたちに、抗精神病薬が何らかの利益をもたらすという証拠は、どこにも存在しない。だからといって、抗精神病薬が不必要かつ不用意に使われることはないのかといえば、決してそうではない。それが大いに懸念される。(中略)それは、いったん『DSM』の新しいカテゴリーとして公式なものにされてしまえば、あとは診断が独自の道を歩み始めるということである。そこに乱用される可能性がある限り(可能性があるのは明らかであ

増え続ける精神障害

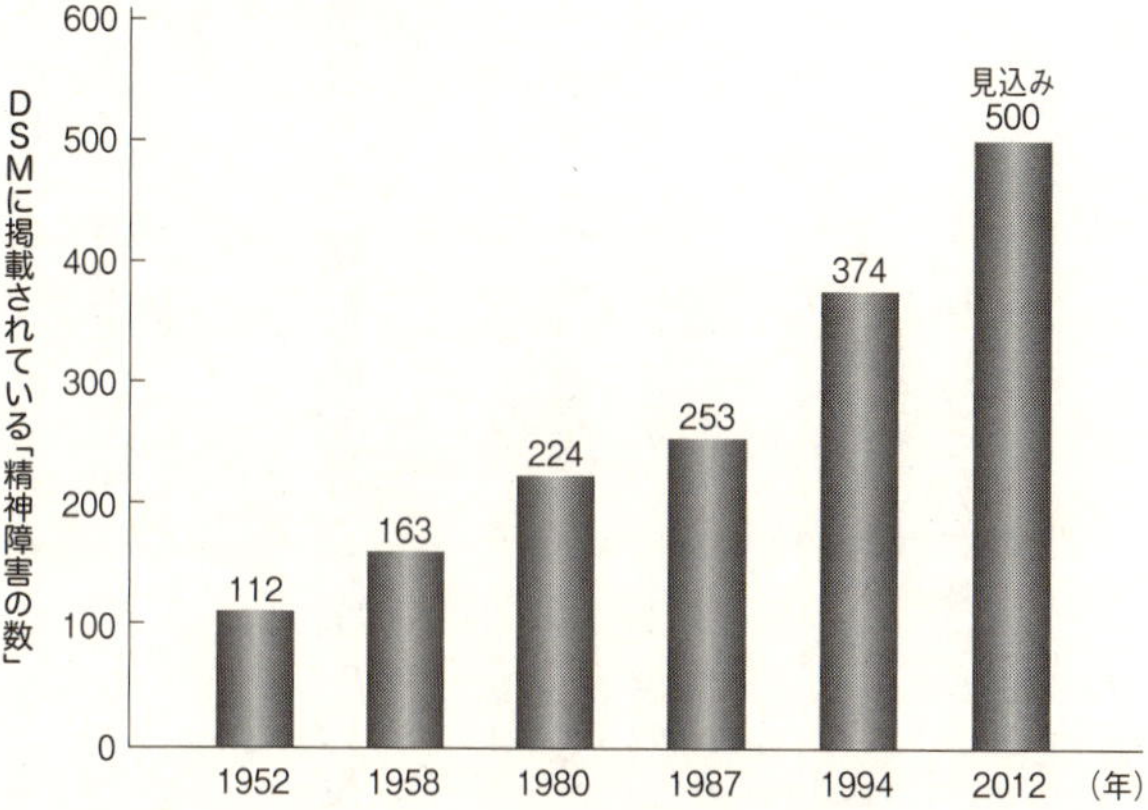

る）、それは乱用されるものである。つけ込む隙が少しでもあれば、そこに抗精神病薬の過剰使用が知らぬ間にこっそりと割り込んでくる。それは経験から明らかである」

こんな癒着の深い精神科業界であるから、当然、製薬会社と精神医療が儲かるように診断基準を設定してきたのである。

これが教科書であるのだから、まっとうな医療など成立するはずがない。

そしてそれ以上に恐ろしいエピソードとして、薬が先に開発されて、その薬を売るために都合のいい精神疾患が作りだされているという現実があるのだ。

たとえば、社会不安障害、気分変調症、軽度・中度発達障害、大人の発達障害、現代のうつ病などはその典型であろう。

●――アメリカ精神医学界・大御所の反省

さらに、この原稿を書いている途中で以下のような話が舞い込んできた。

世界中で大規模な健康被害を広げてきた現代型精神医療に対し、アメリカ心理学会がその暴走を止めるべく、国際規模の抗議活動に乗り出しているというものだ。

精神疾患に科学的な裏付けはなく、政治的でありマーケティングに基づくものであり、広げられた病気に対応する新薬が次々と開発され、その承認とタイミングを合わせ積極的に疾病啓発をするという病気喧伝(disease-mongering)という手法が、一般的になったことに対しての抗議である。

「DSM」の改訂において、さらに病気の定義や種類を拡大しようとしているアメリカ精神医学会に対して、アメリカ心理学会第三二部会会長が二〇一一年一〇月二二日、公開質問状を公表し、「生物学的精神医学（脳内化学物質のアンバランス＝薬物中心治療）には科学的根拠はなく、短期的には有効性が認められるものの、長期的には害を及ぼすものであることが近年ますます明らかになってきた」として精神医療そのものに抜本的な改革を求めているのだ。

実は、この抗議活動の先頭に名を連ねているのが、診断書を作ってきた第三版編纂者のロバート・スピッツァー博士、および第四版を編纂した前述のアレン・フランセス博士である。つまり、かつての責任者が完全に反省・批判の立場に転じているということになる。アメリカの診断書を作る大御所までが、精神疾患や精神医学を否定するようになってきているということなのだ。

この提言は現代の精神医学が起こした被害状況を考えれば、遅きに失したといえるかもしれないが、それでも心理学という大規模学会が公式な見解として精神医学を否定することには、大きな意味があると私は考える。それが世界の現状であって、日本はこの分野においても何十年も遅れているのが現実である。

これらの反対や良心的意見を無視して、日本の精神医学界は単なる薬物ということにとどまらず、日本流行りの多量薬物療法を普及させてきたわけである。

具体的な話については後述するが、まずは精神医学という存在がまともたりえない、という前提からスタートしない限り、どのような真実にも気づくことはできないのが現在の状況であり、この本を書く動機でもある。

●――効果のない拷問治療・電気けいれん療法

現代的治療の弊害についてはあとで触れるが、一〇〇年以上前から行なわれていた精神医学の治療は、現代人には理解しがたい拷問的な治療が多かった。現在まで続いている拷問的な治療の代表が、電気けいれん療法である。電気けいれん療法は第二次世界大戦前にイタリアで発明され、精神分裂病（現在でいう統合失調症）に用いられるとされていた。

特に前頭葉へ通電することで治療しようとするものだが、効果に対する科学的裏付けは現代においても明らかになっていない。興奮性が消失したり、記憶が一部なくなったりするなどの効果があるとされている。しかし、そのあまりに非人間的な治療は非難の対象となっており、いまだ論争がやむことはない。そもそもの統合失調症のいい加減さについても、第3章の「統合失調症」の項を参考にしていただきたい。

実際のところ私が会ってきた患者さんたちの中には、電気けいれん療法を経験してきた方が何人もいる。しかし、一人たりとも電気けいれん療法によって改善したことを語る人はいなかった。

何をもって改善したととらえるかも不鮮明なこの治療が、医学と呼べるとは私には思えない。

精神医学とは医師の主観により決定されてしまう医学だからである。この電気けいれん療法に関しても、治ったという判断は、医師や家族に不都合な行動をとらなくなったということであって、本人の治癒感覚は関係ないのである。これは大いに異常なことである。

本人の感覚が重んじられないことを、精神医学では「本人に病識がない」などとして片付けるが、本来、患者と呼ばれる人間がどう感じ、どうとらえているかが重視されねばならないのは言うまでもない。

たとえば極端な話として（精神科では極端ではないが）、親がわが子に対する虐待を続けていて、成人したわが子が親に暴力をふるい返したと仮定しよう。ほかの人間に対しての暴力は一切ない。

この場合、本人から見れば、生存を保つために、そして仕返しのためにその暴力行為を行なっており、（それは善い行ないではないかもしれないが）精神病にはあたらないのである。

しかし精神科では、この患者を精神病として扱うことになる。虐待してきた親は決して精神病とは扱われないのだ。

その結果、多量の投薬がなされ、場合によって電気けいれん療法が行なわれることになるが、これは虐待を重ねていた親が自らの罪を隠し、自分にとって不都合な行動を起こす患者を、さらに侵害するための手段となりうる。このことは決してまれな例ではない。

実際、これらの治療は政治犯などの矯正に用いられ、死者が多数出ながらも続けられたことが報告されている。

だからこそ精神的な治療と呼ばれるものは、その程度がいかなるものであれ、本人の感覚を抜きにして決定することは許されない。これは基本的人権の確立でもあり、最低限の医学倫理の実現でもある。

しかし、その建前は無視され、今でも電気けいれん療法は日本中の精神病院において続けられているのが現実である。

また、すでに廃れてしまったが、近年まで行なわれていた拷問的治療に脳手術がある。

脳手術は同じく第二次世界大戦前を起源とし、前頭葉切除術が多く用いられロボトミーなどと呼ばれた。ロボトミーの語源はロボットのようにするという意味ではなく、ロベクトミー（葉切除）からきているとされる。前頭葉は学習、言語、社会性、また人間性全体などを司る部分であり、手術により前頭葉を取り除くことで、おとなしくさせようという治療法だ。

しかしこの治療もまた、本人のために行なわれているというより、邪魔者を消し去りたいがために脳を摘出しているというほうが正解であった。

●──安全な精神薬はありえない

薬についても、一〇〇～数十年前までは現代のような複数の精神薬は存在しなかった。

そのため何が使われていたかといえば、酒（アルコール）、アヘン、モルヒネ、ヘロイン、コカインのような物質である。

そして、その後に現代で使われるような薬物が順次登場してきたわけだが、それはその薬物が安全であることを示すものでは決してない。挙げたような覚醒剤や麻薬よりは「若干」副作用や依存性がましである、もしくは副作用がわかりにくいというだけにすぎない。そのために医療用薬物として取り上げられたわけであり、現代の最新精神薬に至るまで、決して安全な精神薬など一つもないということを、われわれは理解せねばならない。

ヘロインはバイエル社が一八九八年に開発し、ＬＳＤはノバルティス社の研究員が合成し、ＭＤＭＡはメルク社が合成し、コカインは三共製薬によって一

クスリと麻薬はほとんど同じ？

薬　物	平均	多幸感	精神依存	身体依存
ヘロイン	3.00	3.0	3.0	2.9
コカイン	2.37	3.0	2.8	1.3
アルコール	1.93	2.3	1.9	1.6
タバコ	2.23	2.3	2.6	3.0
大麻	1.47	1.9	1.7	0.8
LSD	1.23	2.2	1.1	0.3
エクスタシー	1.13	1.5	1.2	0.7
バルビツール	2.01	2.0	2.2	1.8
ベンゾジアゼピン	1.83	1.7	2.1	1.8
アンフェタミン	1.67	2.0	1.9	1.1

※20の薬物について0〜3の範囲で身体依存・精神依存・多幸感の平均スコア尺度
「The Lancet」(2003年)に掲載された論文をもとに作成

九二〇年代に精製され闇市場に売りさばかれていたのである。覚醒剤は日本人とドイツ人が精製したそうだが、武田薬品工業が戦前に商品化している。

世界で最も有名な医学雑誌の一つ「The Lancet」に掲載された二〇〇三年の論文で、二〇の薬物について0〜3の範囲で身体依存・精神依存・多幸感の平均スコア尺度を示したものがある。これを見るとタバコやアルコールの依存度もさることながら、違法ドラッグと比べても精神薬の依存性は非常に強いことが読み取れる。

薬理学的機序（メカニズム）においても、覚醒剤や麻薬と精神薬の共通性は次のとおり、一目瞭然である。

【精神薬】

- 抗うつ薬はセロトニンの取り込みを阻害する＝セロトニンを増やす。
- 抗精神病薬はドーパミンの活動を抑える。セロトニンにも作用する。
- 抗パーキンソン病薬はドーパミンを増やしたり刺激したりする。
- 抗不安薬はベンゾ結合部に作用し、ノルアドレナリンやドーパミンを抑制する。

【麻薬・覚醒剤】

- ＭＤＭＡはセロトニンの再取り込みを阻害する。細胞内セロトニンを高める。
- ＬＳＤは脳内のセロトニンシステムに働きかける。

- 覚醒剤はドーパミンを放出し取り込みを阻害する。
- コカインはセロトニン、ドーパミン、ノルアドレナリントランスポーターを阻害する。

この薬物治療における弊害については、各項で具体的症例も含めて述べていきたい。

●——薬が効かない実例

私のクリニックに転院してきた方たちの研究データも紹介したい。これは「第一回精神薬の薬害を考えるシンポジウム」（二〇一一年二月二〇日）で発表した内容である。

このデータを見ると、精神薬はすべての種類が抗精神病薬、抗うつ薬、抗不安薬、睡眠薬、抗パーキンソン病薬、気分安定薬の六種類であるにもかかわらず、七剤以上出されているケースが一八％以上あり、約七〇％が三〜四剤以上投薬されていることがわかる。そして薬剤性過鎮静といって、薬剤の副作用のため気力が低下し、ほとんど寝ているような状況の患者が、四〇%以上にのぼる。

具体名まで挙げることは差し控えたいが、実はこのような過鎮静をもたらしている病院の多くは大病院であり、有名な権威的病院であった。その多くは大学病院であったり、国立病院であったり、都立病院であったりしたのである。

そして当院に転院した二一九例のうち、約三分の二にあたる一三四例の患者さんがほぼ断薬に成功し、症状も改善した。減薬、断薬の方法については第5章を参考にしていただきたい。また、逆に薬を増やしても減らしても何の変化もない患者さんが一七%近く存在した。

このことは薬物療法の無意味さを象徴すると同時に、この群が病気ではなく性格的側面が強いことを示唆している。

減薬して悪化した人というのは、いわゆる禁断症状が出た人たちで、病気の再発とか病気そのものと思われる人は少ない。なぜその症状を病気の再発とはとらえず禁断症状ととらえるのか、疑問をお持ちの読者もおられるだろう。そ

来院患者が飲んでいた薬の種類と経過

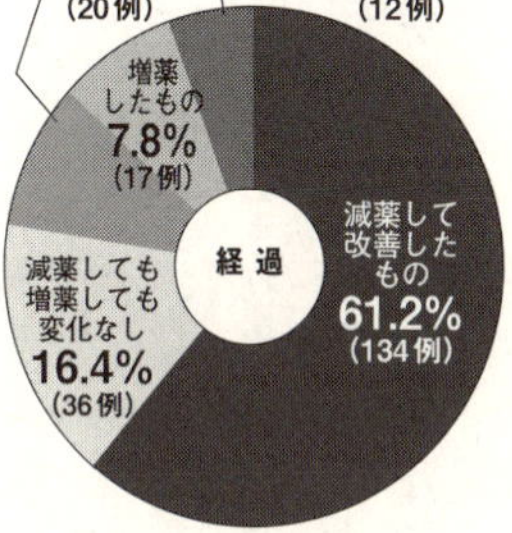

当クリニックで治療した
219名の経過

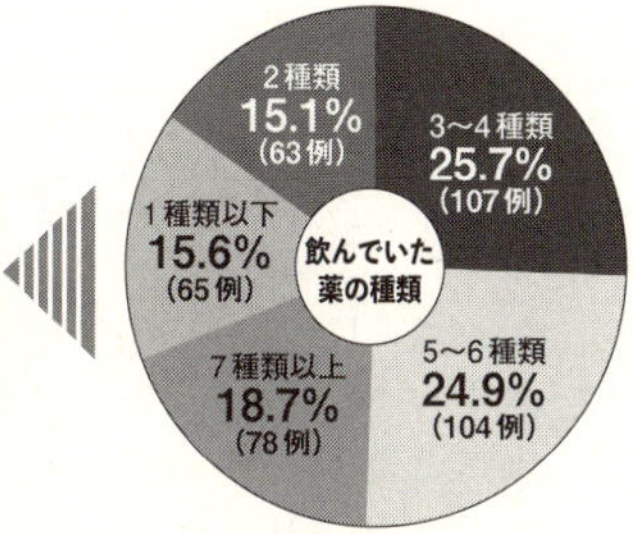

当クリニックに転院してきた
417名の患者さんが
それまで処方されていた薬の種類

の基本的な見極めは、最初の最初に精神科にかかったときの症状を参考とする。

たとえば最初に何かが理由で気分が落ち込み、食欲が低下したとすればそれが症状である。しかし精神科に通院した大半の患者は、そのまま症状が良くなったという経過をほとんどたどらない。薬を飲むと逆に悪くなったというケースが多くを占め、仮に良くなったとしても一時的であって、結局悪くなるといった経過をたどることが多い。

そうすると最初は食欲低下が主症状だったはずなのに、治療を受ける経過でどんどん症状が変化し、動けない、寝たきり、仕事もできない、動悸《どうき》・息切れ、さらにひどいものだと暴行、自殺企図、自殺念慮、幻聴、幻視、記憶力低下、性格変化などさまざまな症状が起こってくる。

途中で投薬を変更されたときに急速に悪化し、病名が重いもの（たとえば、統合失調症や躁うつ病など）に変わることもまれではない。

これらはそもそも病気が悪くなったわけではなく、薬による医原病なのである。

このことを精神科医はもちろんのこと、ほとんどの患者は理解していないので注意する必要がある。なぜならすぐに精神科医に説得されてしまうからである。

なぜ私が禁断症状と断言できるかといえば、悪化した症状が、減薬してから後に、最初の症状とはかけ離れて悪い症状として出現するということからである。

最初に強い幻覚や昏迷があるのなら病気の再発ということもありうるが、実は最初からそのような症状を呈する例は少ないのである。必ずそのような強い症状を呈する前に精神科を受診しており、精神科を受診してから悪くなるというのが一般的なパターンだ。

この意味において改善しなかった一二例は、家族がこのことを理解できず、あきらめて入院させたケースと考えていただければよく、二〇例は断薬にこだわりすぎて悪化するより、単剤精神薬の投与はやむをえないと考えられ、落ち着いたと思っていただければよいだろう。

結論としては、このような結果を生み出す精神医学が、まともであるとはとても言い難いということに尽きる。

●――心理療法だから良いわけではない

心理療法については一般人の大半が「良いもの」である、という認識を持っているようだ。確かに薬物療法よりは良いかもしれないが、心理療法は精神医学同様、非常に危険が多い。精神分析療法、認知療法、催眠療法などから、現在最も主流な来談者中心療法までさまざまあり、それぞれに歴史があるので、ここでその変遷のすべてを表すのは難しいが、もともと心理学も精神医学同様、優生学的な側面を持っているため、人々の思想に洗脳や差別を加えることに一役買ってきたといえる。

政治犯や思想犯という存在は、もともと心理学から生み出された代物で、社会にそぐわなければ、どんなに脳が正常であろうと異常者にされてきた。心というものは個々別で必ず違っていて、それが個性や思想であるはずなのに、脳科学的な面を無視して心を規定しているわけだから、差別的になるのも当然である。

そこまで言わなくても、実際、心理カウンセリングを受けてむしろ悪くなった、というケースは跡を絶たない。近年はスピリチュアルカウンセラーなどの存在も増えてきて、詐欺まがいで高額なお金をだまし取っているものも少なくない。心理学だから、カウンセリングだから良だと、決して考えてはならないのである。

戦後日本の入院精神医療についても、褒められるような流れは皆無に等しい。日本の精神病院は先進国中最多で、全国の入院患者数は三一万人を超える。これは非常に恥ずべきことだがまったく改善の兆《きざ》しがない。

また、何十年も精神病院に閉じ込められている患者が数万人いて、世界中の人権団体から非難されている。その患者の大半は主だった精神症状もなく、おとなしいだけだったり、人付き合いが苦手だったりするだけの人である。

精神病院では人権を無視される扱いが多く、家族との面会も許されず、薬は大量に飲まされ、スタッフに少しでも反抗すれば監獄（＝保護室）に入れられる。薬を飲むことを拒絶することはできない。男性スタッフが患者を羽交い締めにして薬を飲ませることが常態化しているのである。一日中ベッドに拘束され、患者が懇願しても拘束が解かれることはない。

●──ある患者の入院体験

私のところに通院中の、ある患者さんが書いた入院体験を記載しておこう。

「（入院させられて薬を大量に投与され）殺したい気持ちは今でも消えない。同じ目に、いやもっとひどい目にあわせてやりたい。私はモルモットじゃない。隔離室というところはすごいところだ。壁は爪で書かれたわけのわからない文字、ひっかきあと、血だらけ。水分は一日に二回しか与えられない。トイレも流せない。汚く薄い布団が一枚敷いてあり着替えもできない。刑務所のようだと思った。体調が悪く呼んでもだれも来てくれない。暴れれば全身縛り付けられる。大声を出せばさるぐつわのようなものをされる。一日中壁やドアを蹴る音、叫び声、うめき声でいっぱいだ。そんなこんなで病院とは一切かかわりたくなくなった。自分ですべての薬をやめた。薬を飲むのが怖くなったからだ。そしたら離脱症状が出て寝たきりになってしまった。一応他の病院に行ったが相手にされなかった。そういえば昔飛び降りをして三カ月車いすになったこともある。何回救急車に乗ったかわからない。今は薬がほとんどなくなり飛び降りも自殺企図もなくなった。しかし入院のトラウマは残ったままだ」

ちなみにこの病院は某県において最も権威があり、病床数も多い精神病院である。

このように総論からみても、精神医療という存在が、医療としてまともな行為を行なっているとは到底いえない現況なのである。

そしてそのことは多くの精神科医以外の医師が認識していることであり、精神科医だけが裸の王様のように、自分たちのやっていることは正しいと主張してきた。

しかしもう限界である。精神科医が行なった数々の拷問的治療行為、特に多剤大量薬物療法、電気けいれん療法、違法的な強制入院による被害に対し、二〇一一年から数年の間に、爆発的に訴訟行為が広まっていくであろう。

なぜなら世界では先行して精神科への訴訟が増えているからである。特に多剤大量薬物療法については、今後集団訴訟となる可能性が高いかもしれない。

◉――なぜ精神病院でこれほどの人が死ぬのか

今の日本において最も身近で問題視されているのが、精神薬の大量療法による被害と精神薬そのものの副作用である。

ある人権団体のデータによれば、アメリカ全体において精神病院に入院後死亡した患者の数は、一七七六年以降に戦死した人間の数より多いとされる。実

精神病院での死者は、戦死者を上回る（アメリカ国内）

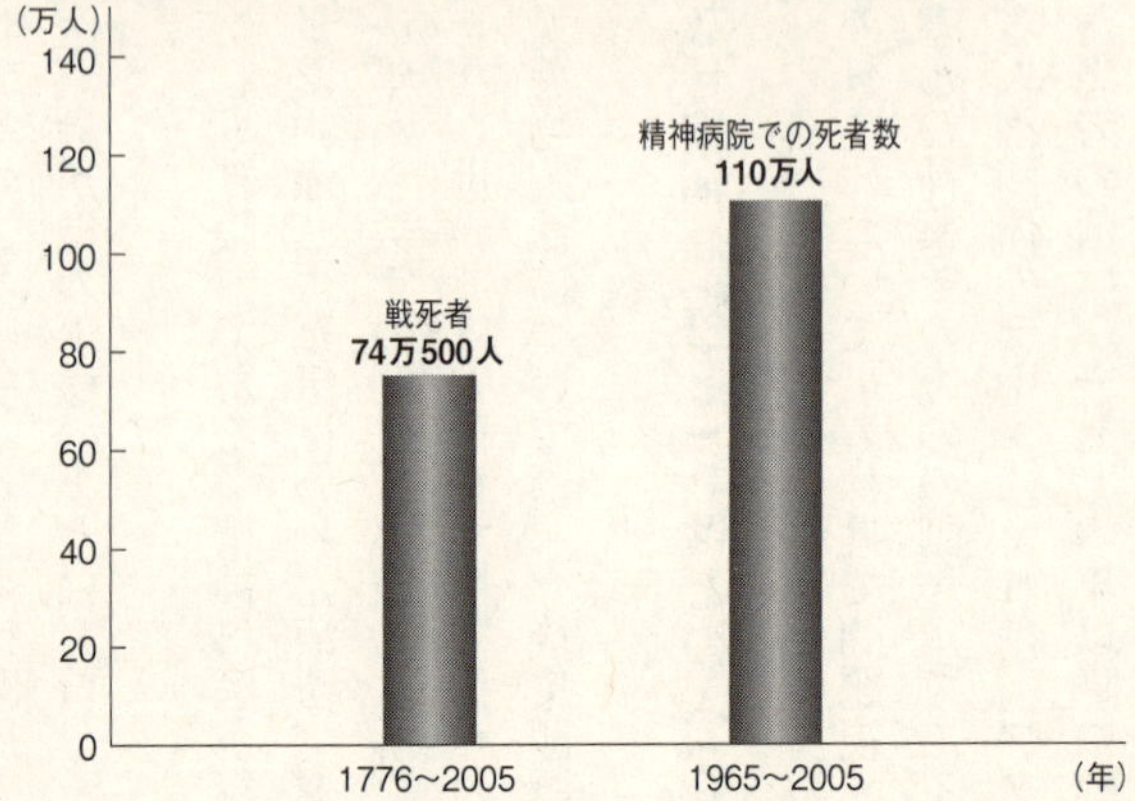

際その中の多数に、精神薬の大量療法による死亡者が含まれているのは間違いなかろう。

日本では精神病院の入院者数が三一万人を超えると説明したが、そのうち死亡退院していく数は一カ月で一五一五人という厚生労働省の「精神保健福祉資料（六三〇調査）」のデータがある（二〇〇九年六月三〇日現在）。

なぜ精神病院でこれほど人が死んでいくのか、疑問に思われないだろうか。

精神病院には老人よりも若い人や中堅層の患者さんが多い。つまり体の病気で死ぬ確率は低いと推測される。これは多くが薬物による中毒死や、理不尽な治療などによって死亡者が出ていることに他ならない。

精神薬の多剤大量薬物療法による副作用で最もむごいものは、もちろん副作用死である。そんなものは多くないはずだ、などと思わないでほしい。

以下に私が鑑定書を提出した、精神病院入院後に死亡した方の処方データを紹介する。

【精神病院入院後、死亡したケースの処方データ】（処方量は一日当たり）

- トロペロン（点滴）…………八〜二四mg
- トロペロン（内服）…………二五mg
- セレネース（抗精神病薬）…………三〇mg
- リスパダール（抗精神病薬）…………六〜九mg
- ジプレキサ（抗精神病薬）…………二〇mg
- セロクエル（抗精神病薬）…………一〇〇mg
- レボトミン（抗精神病薬）…………三〇mg

・テグレトール（抗てんかん薬）……八〇〇mg
・ベンザリン（睡眠薬）……………一〇mg
・ヒベルナ（抗ヒスタミン薬）………三〇mg
・マイスリー（睡眠薬）……………一〇mg

ここで薬物量を計算する一つの目安として、ＣＰ（クロルプロマジン）換算値と呼ばれる数値を使う。一般の方にはわかりづらいかもしれないが、強い精神病の薬には投与量の目安となるようそれぞれに換算値がふってあり、変更するときや増量、減量するときにこの数値を参考とするのである。

教科書的には統合失調症であればＣＰ換算値は一〇〇〜六〇〇を目安とするようされており、重症の場合でも副作用などを考慮し八〇〇以下とするよう推奨されている。ちなみにコントミン一二・五mgという薬を例にとれば、一般の方がこれを飲んだ場合、眠気で困ることは間違いない強さだが、この薬の換算値が一二・五である。ＣＰ換算値一〇〇というと、この薬を一日八錠飲んでいる計算になる。

統合失調症とは多くの薬を使うものだ、幻覚や妄想を抑えるためにはいたしかたないと、読者がそう思われること自体は普通の発想かもしれない。

では、このケースではいったいどれだけの薬が投与されたのであろうか。このケースで入院初日から投与された薬量は、実にCP換算値六三〇〇である。これは先ほどのコントミン錠で計算すると、一日五〇〇錠以上を飲んでいる計算になるのだ。この量は常軌を逸している。

その結果、どうなるとお考えになるだろうか？

一日中寝てしまい呼吸も止まりそうだ、と考える人がおられればそれは自然な発想なのだ。しかもこのケースは、極端なケースとしてはすまされない。裁判における証人尋問の中で、担当した精神科医は、「私は悪くない。この量の投薬は病院において当然である」と言い切っている。この発言と一五一五人が亡くなるというデータを見つめれば、日本の精神科で何が起こっているかが理解できる。このようなことは精神病院で日常的に行なわれているのだ。

●──都内不審死から続々検出される精神薬

もう一つ意義深いデータを示そう。このデータは東京都監察医務院が論文にしたものを、精神医療被害連絡会がまとめたものである。監察医務院というのは不審死の原因を調べるための組織である。

その中で薬物死にかかわるものを調べてみると、次ページの図のとおりだ。エタノールが検出されているのはアルコール中毒で亡くなったり、凍死したりしたようなケースをイメージしてもらえばよい。一酸化炭素の検出はストーブの不完全燃焼などによる不審死である。それらを除くと、医薬品が全体の多数を占めることが明らかになっている。そして、その医薬品の大半は精神科で使われる薬である。

ここで重要なポイントは、本人が自殺目的で多量服薬したのではない、ということである。精神病院ではなく、外来通院している状況で主治医の精神科処方を守り、決められたように飲んでいたら不審死に至ってしまったということ

都内の不審死者から検出された薬物および医薬品

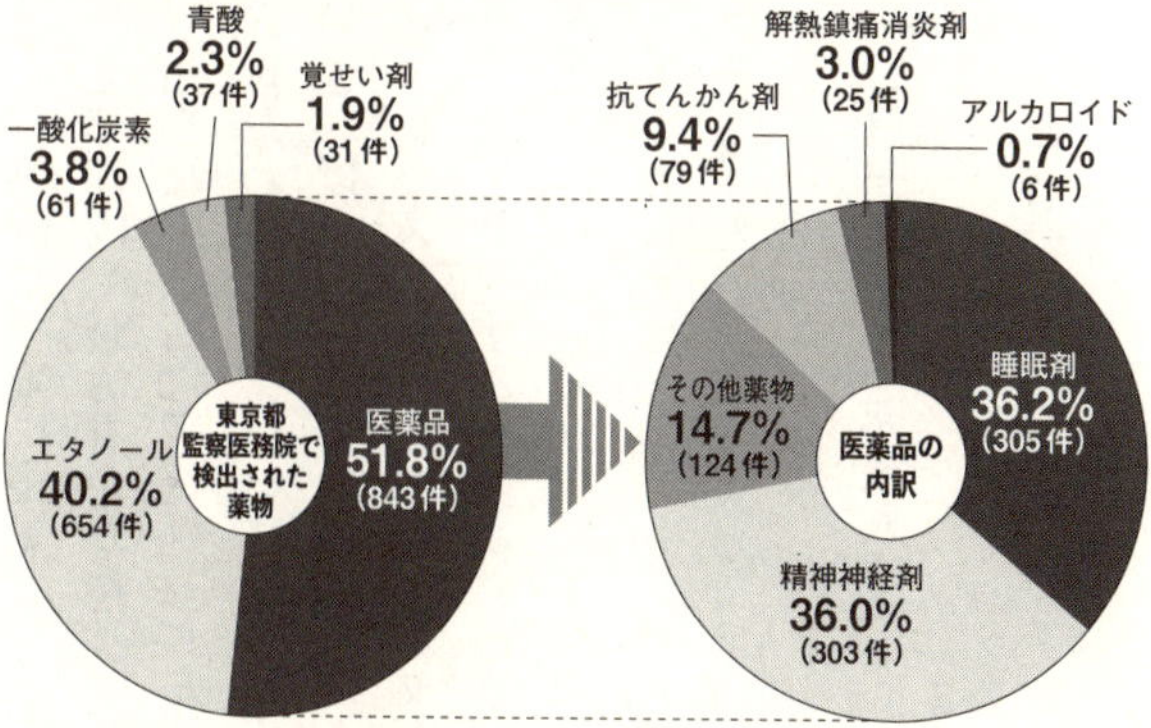

2010年度の東京23区の不審死者から検出された薬物および医薬品（東京都監察医務院調べ）

なのである。これは尋常な話ではない。ある意味、医療殺人なのだ。

　また、精神医療の被害は多量の投薬治療だけではない。電気けいれん療法についても多くの被害談がある。

　たとえば、カルテには残っているが、患者自身はまったく電気けいれん療法を受けた記憶がないなどというのはざらだ。子どものいる患者さんが、子育てや子どもが存在することさえ忘れてしまった事例まである。家族が精神科医と秘密裏に電気けいれん療法をやり続けてきたという事例もある。軽犯罪を行なってしまった患者が、懲罰ついでに電気けいれん療法を受け亡くなる事例もある。

たとえば都内で最も有名な精神病院「都立松沢病院」では、本人はもちろん友人も知らないうちに電気けいれん療法が行なわれていた。

なぜ行なわれたかについて都立松沢病院の医師は「イレウス（腸閉塞）を起こして、これ以上投薬できなくなったから」と語る。

なぜイレウスが起きたかは、少々の薬学知識があれば明らかだ。イレウスは精神薬で最も頻発する副作用であり、何の考えもなく大量に薬を投与した結果の薬害に他ならないのだ。つまり都内で最も有名な精神病院の精神科医は、自らが投与した薬による副作用のために、必要のない電気けいれん療法を行なった。これもまた日常的なことである。

●──一〇日間の医療保護入院

もっとひどいケースもある。

「外資系証券会社などで働いてきた二〇代後半の男性が、ある日突然、精神科病院に入院させられた。手足を拘束されて薬を多量に投与され、電気けいれん療法ECT（いわゆる電気ショック）を何度もかけられ……。この強制的な入院の前後に、彼を診察した複数の医師は証言する。「彼に精神疾患はない」。こんなフィクションのような出来事が現代の日本で起こったことを、あなたは信じられるだろうか」

（「読売新聞」二〇一一年一二月八日付）

次に掲載するのは本人による手記である。

＊

私の体験談は、二〇一一年一二月八日付「読売新聞」の「佐藤記者の『精神医療ルネサンス』」に掲載されました。これは現在の精神病院で行なわれている医療保護入院についての初めての報道だったのではないでしょうか。多くの方々が「精神科医の診断は正しい」と思わされている現状を少しでも変えることができればと願って、再びここに事実を書くことにします。

二〇〇九年二月、当時、私は耳鼻科的な疾患が原因であるめまいと頭痛に悩まされていました。

ある日突然、一一九番通報もしていないにもかかわらず、救急隊が私の自室へ入ってきました。「どうしましたか?」という救急隊員の親切な問いかけ。私が精神医療被害に遭うなかでかけられた、最後の心温まる言葉だったかもしれません。

救急隊員と二〇分前後の明確な会話をした後、私は自らの症状を告げ、総合病院の耳鼻科への救急搬送をお願いしました。ただ、その救急車には、ことあるごとに警察に対して「(私のことを)訴える!」と言い続けていた母親までもが同乗していたのです。母と私との関係はたいへん悪化していました。兄と私とのあいだのトラブルをきっかけに、それまでも母は何度も私からの被害を訴え、一一〇番通報をしているのですが、通報がひんぱんでなおかつ被害が認められなかったため、警察はまともに取り合わなくなっていました。

救急車の中で寝ていた私は救急隊員の「病院に着きましたよ」との掛け声とシャッターの閉まる音で目が覚めました。それと同時に救急車の裏ドアが開きました。このとき初めて私は自分で望んでいた病院とは違う場所へ連れて来られたことを悟りました。

救急車から降りると、紫色の服を着た人たちが一〇人ほど立っていました。その中の一人の男性が「診察室はこちらですよ」と大声で話しかけてきました。私は、その声に反応して、指示された診察室へ向かいました。

そこには、大柄でニヤニヤとし、髪の薄い男がいました。私は、その場の雰囲気からその男が医師であることを理解しました。その医師には微塵も真剣さなど感じられません。私が、その医師に「ここはどこの病院ですか？」と聞くと、笑いながら「精神科！」とだけ答えました。私はこの精神科医を相手にせず帰ろうとすると、医師は「おおっと、ちょっと待った！」と笑い、それと同時に紫色の服を着て背後に立っていた男らに通路を塞がれました。

医師は、「ほら、席に座って、座って」と私に言いました。

「名前は？」「〇〇です」

「生年月日は？」「昭和○年の○月○日」

「ふだん飲んでいる薬は？」「ボルタレン」

たったこれだけの問答で医師と私の会話は終わりました。そして、この精神科医がつけた私の診断名は、①「統合失調症」、②「薬剤性パーキンソニズム」、③「アルコール依存症」だったのです。これが、現代で行なわれている精神科医の診断の実態です。

私の母親は当日の午前中、この病院を訪れ、精神科医に、私の医療保護入院を熱望していたのです。

私とのわずかな会話の後、医師はできあがったカルテを確認し、大きい注射器を持ち出すと、それを私に向けて「はい、手を出してー」と笑いながら言いました。逃げようと立ち上がった私に、背後にいた看護師らがいっせいに襲いかかりました。このときの精神科医が放つあふれんばかりの優越感と頭皮がむき出しになった禿頭は今でも忘れることができません。

私や、私を押さえつける看護師らとは対照的に、この精神科医は注射を打つことにたっぷりと時間をかけながら、必死に抵抗をして事実を訴える私に向かって満面の笑みを浮かべていました。

医療機器が出す「ピコー、ピコー」という音と左腕に感じたひんやりとした触感によって、私は意識を取り戻しました。そのときにはすでにＥＣＴ（電気ショック療法）の準備が整っていました。そして、さらなる注射を打つ準備をしている精神科医。

こうして私に対する隔離・拘束は二〇〇九年二月一三日から同月の二三日まで行なわれ、隔離から解放されたのはその二日後の二五日でした。その間、六回ものＥＣＴを受けました。私は、隔離・拘束、そして電気ショックを受けている間に多くの情報を得ることに努めました。私が知った精神医療、医療保護入院とは、ただ単に精神科医らの心・欲望を満たす行為にすぎませんでした。

まともな会話をもせず、医療保護入院になると、精神科医は自らの患者らを自分の思い描く人格になるまで薬漬けにし続ける。その根底にあるのは、「治そう」という気持ちではなく、自分の思いのままに他人の人格を変えてしまおうという意図以外の何ものでもありません。それに使われたのが精神薬だったのです。

私はその後、この精神科医や精神病院を相手取って裁判を起こしました。裁判の過程で、私はこの精神科医の能力、そしてこの精神病院の実態を知りました。

この精神科医は母親が嘘を言っているにもかかわらず、それをそのまま鵜呑みにして私のカルテに記載をし、私を統合失調症と疑っていたこと。それよりも、さらに驚かされるのは、この精神科医は統合失調症の診断基準さえ知らずに、これまで数千人以上の人々を診察・診断をしてきたという事実。

そして、この精神病院、そして理事長は今なおこの無能な精神科医が統合失調症と診察・診断をした被害者への救済を一切行なっていないのです。

＊

このように精神病院の措置入院、医療保護入院のさせ方は違法行為であることが多数ある。また、このケースに際しても電気けいれん療法で患者は良くなった、と精神科医は判断しているのだから始末に負えない。

他にも、たとえばある高齢の老人は、家族と喧嘩したことにより、家族によって強制的に精神病院へ入院させられることとなった。その入院理由は家族の言うことを聞かないからであったが、実をいえば財産の横取りであった。これは医療の名を借りた明らかな高齢者虐待であるといえるが、精神科的には「高齢者のほうが病気」なのである。

資格のない研修医がこれらの強制入院を決定しているケースもある。こうした例は枚挙にいとまがない。

●──副作用の報告

また精神薬の場合、少なければ副作用の心配がないというわけではない。薬の依存性（常用量依存などという）、鎮静作用、錐体外路症状《すいたいがいろ》（パーキンソン病のように、体が動かなくなったり逆に勝手に動いたりしてしまうような症状）、認知障害や記憶障害（要するに精神薬を飲むとボケる）、自殺衝動の悪化、その他の副作用など、薬が一種類であっても多数報告されている。

たとえば、「パキシル」という薬はアメリカでは特にやり玉に挙げられていて、多数の訴訟を抱えている。「ブルームバーグ」（二〇〇九年一二月四日付）は次のように伝えている。

「一九九二年に『パキシル』が発売されて以来、グラクソ・スミスクライン社（ＧＳＫ）に対して起こされた注意義務違反に関する訴訟には三つのタイプがあり、出生異常、自殺、そして依存症などに分けられる。二〇〇九年一二月四日の時点で、約一五〇件の自殺に関する訴訟の平均和解額が二〇〇万ドル、約三〇〇件の自殺未遂が三〇万ドルとなっている。また『パキシル』が引き起こした依存症に関する三二〇〇件の訴訟では、ＧＳＫ側がそれぞれ五万ドルを支払うことで決着した。またこの巨大製薬企業は、独占禁止、虚偽行為、陰謀が疑われた裁判で約四億ドルを支払った。一九九二年に市場に出てから一〇億ドル近くをＧＳＫは『パキシル』訴訟に費やしてきた。訴訟費用やその他のもめごとを処理した費用として、二〇〇八年度末の年次報告書には四〇億ドルが計上されていた。六〇〇件を超える出生異常訴訟の最初の評決となった二〇〇九年一〇月一三日の裁判では、妊娠中の『パキシル』服用により心臓に三カ所の欠陥を持って生まれた原告側リアム・キルカーちゃんの家族に、賠償金二五〇〇万ドルが支払われることになった」

精神薬は「パキシル」だけではない。抗精神病薬として最も有名な「リスパダール」には、以下のような話がある。アメリカ・ボストンの「リーガル・ニュースライン」（二〇一一年八月二日付）から引用する。

「非定型抗精神病薬『リスパダール』を違法にマーケティングしたとして、マーサ・コークリー司法長官（マサチューセッツ州）は、製薬会社オーソ・マクニール・ヤンセン社を告訴した。コークリー司法長官によると、同社は高齢者の認知症や児童の多くの症例にこうした用途での薬の安全性や有効性が不明のまま、FDA（アメリカ食品医薬品局）の承認を得ずに治療薬として使うことを促していたという。サフォーク上級裁判所に提訴された申し立てによると、同社は、過度の体重増加や糖尿病、また高齢の認知症患者には死亡リスクが増加することなど、『リスパダール』の使用に関連するこうした深刻な副作用の開示も怠っていたとされる。コークリー司法長官は、『薬剤生産者は、安全性や有効性が確立していない段階で自社薬剤の使用をプロモートすべきではない』と述べ、『オーソ・マクニール・ヤンセン社は患者の安全よりも利益を優先し、適応承認されていない〈リスパダール〉の使用を促進し、深刻な副作用の開示を怠った』とした」

他にもこの訴訟では、以下のようなことが指摘されている。

- マサチューセッツ州の医療従事者および消費者に対する「リスパダール」の有効性および安全性に関する重要な事実の伝達漏れ、および隠蔽《いんぺい》。
- 「リスパダール」の使用に関連する副作用およびリスクの隠蔽、伝達の怠慢、あるいは矮小化。
- 認知症患者への死亡リスクの増加を含む深刻な副作用があるにもかかわらず、説明なしに高齢者の認知症治療薬として「リスパダール」の使用を促した。
- 「リスパダール」を認知症治療薬としての販売承認を同社がＦＤＡに求め

た際、安全性に対する懸念を理由に拒否されたことを開示することなく認知症治療薬として「リスパダール」の使用を促した。

- 児童の行為障害およびその他疾患の治療薬としてFDAが「リスパダール」を承認する以前から、一〇年以上にもわたって安全かつ有効なそうした用途の治療薬として「リスパダール」を市場でプロモートした。
- 「リスパダール」の安全性、特に体重増加と糖尿病発現のリスクに関し、処方者に対して誤解を与える不正な発言を行なった。

さらに「ニューヨークタイムズ」（二〇一〇年四月二七日付）は、以下のように伝えている（一部抜粋）。

「統合失調症治療薬として大成功をおさめた『セロクエル』の販売活動の違法性が問われた連邦の捜査で、製造元のアストラゼネカ社が五億二〇〇〇万ドルを支払うことで決着。

ワシントンで行なわれたこの記者会見でキャスリーン・セベリウス保健福祉

各種精神薬市場規模

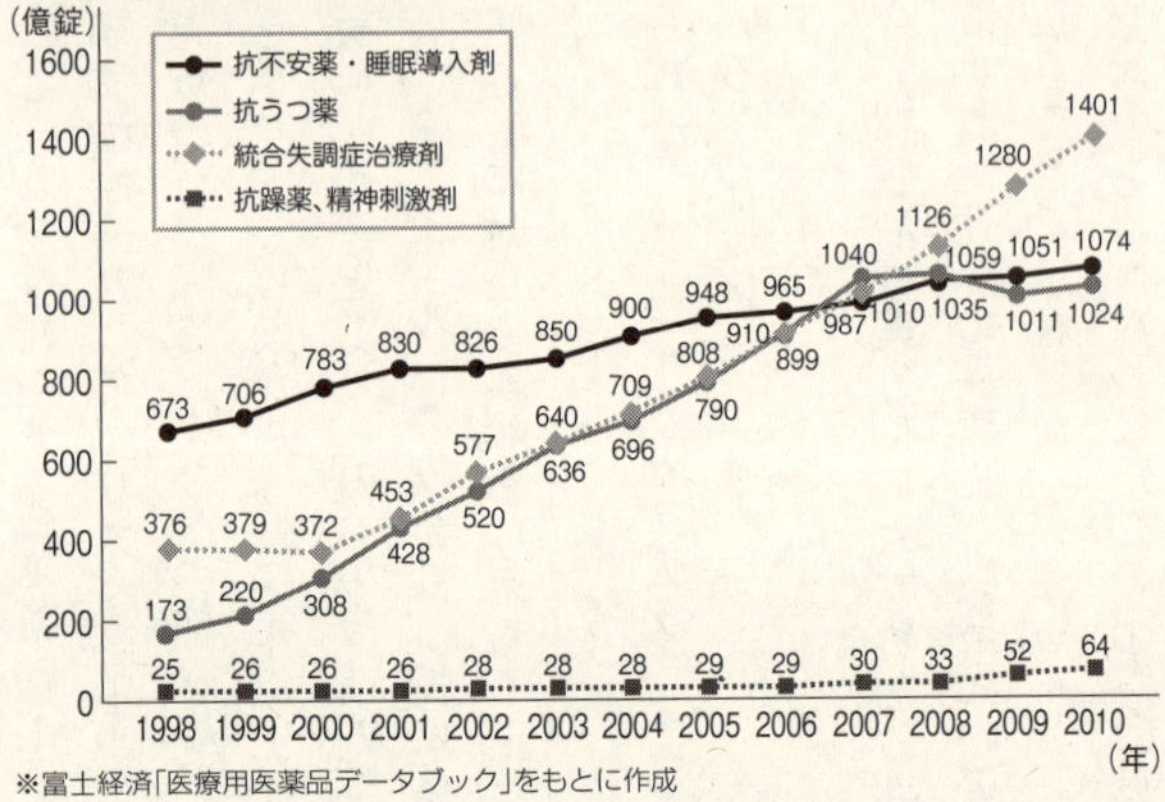

※富士経済「医療用医薬品データブック」をもとに作成

長官は、『薬の市場拡大のためにアストラゼネカ社は医師にリベートを支払って未承認の適用外処方を違法に促していた』とし、『同社は子どもや老人、そして退役軍人や囚人などを対象に未承認の処方で販売促進を行なった』と語る。薬の全米売り上げトップチャートにもランクされ、今やドル箱となった抗精神病薬の違法な市場拡大に対する連邦の捜査で、金銭の支払いを行なった巨大製薬企業は、過去三年でアストラゼネカ社が四社目となる。

ロンドンに本拠を置く同社は、『セロクエル』に都合のよい研究デ

ベンゾジアゼピンの消費量、各国との比較（2007年のデータ）

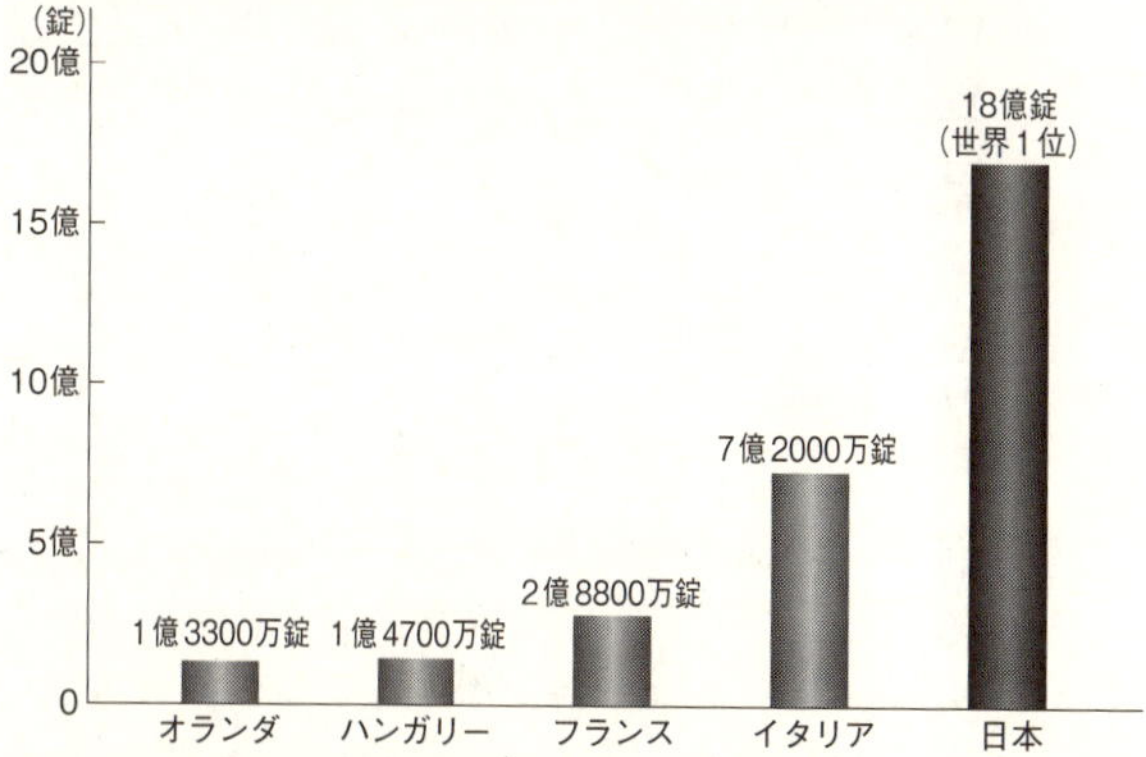

※国際麻薬統制委員会(INCB)報告書(2010年)をもとに作成

ータだけを誇張し、リスクを適切に開示せず、医師や患者を欺いたとして告訴もされている。現在もアストラゼネカ社は、薬剤のリスクを開示しなかったとして二万五〇〇〇件に上る患者側からの民事訴訟を抱えている。

　同社は二件の連邦捜査と、『セロクエル』の販売および市場拡大に関する二件の内部告発者からの訴訟もあった。連邦捜査のうち一件は、臨床試験に参加した医師たちに関するもの。もう一件の調査は販売員にかかわるものであった」

製薬企業に対する海外でのこうした裁判は、今までもたびたび行なわれてきたことであり、製薬企業が売上げを上げるために臨床試験研究の流れをいかにコントロールしてきたかをうかがわせる。

このように多数の薬が古いことや依存性が高いこと、さまざまな副作用で訴訟となっていることが明らかであるにもかかわらず、日本では依然危険な精神薬の大多数が認可されたままである。

そのためすでに日本は世界における精神薬の在庫処分場と化しており、たとえばベンゾジアゼピン系（安定剤、睡眠薬として用いられる種類）でみれば、どの国と比べても世界一の精神薬消費国となっている。決して日本人の精神が病んでいるからだけではない。企業の利権と精神科の権益が深く絡んでいるから今の状況であることを、国民はもはや知らねばならない。

●――精神医学は「やりたい放題」の世界

以上述べてきたことを総合してみれば、医療や薬という世界はいかにやりたい放題できる世界なのかということがよくおわかりいただけるだろう。

そもそも政治などは古来の歴史に鑑みて、性悪説を基準にシステムを考えようとこれまで変化してきた。それに比し一般人にとっての医療や薬とやらは、性善説がいつも基本として成立するようである。善を実行できる人が真の医者で、他はみなヤブ医者であるといい、そしていつも医者は善であるはずだと信じ込んでいる。しかし、善とみえるものを実行する人がなぜそれを実行するか、その裏まで読めている人は皆無だ。

見せかけの善意として何か人間にとっての苦しさを病気に作りかえ、あとから薬を販売するという医学倫理とは逆の立場からアプローチしてくるのが、大企業製薬業界のやり方なのである。またその真意がばれないよう、洗脳者を増やし依存度を高めていくのが、カルト宗教顔負けの精神科医のやり方なのである。

本来、医師というものはたとえ善意の人でも悪意ある人でも、免許を持っていればすべてが正当化されてしまうくらいの資格である。しかし、医師とて結局いち人間にすぎないので、どの場面でもあくどいことや偽善をやる可能性があるが、その多くが法律的には擁護されているのだ。医師が最高職であり権威であり専門でありエライというのは幻想でしかない。

主観的で非科学的な精神医療には、性悪説の基準がなければ、どのような医療犯罪も正当化されてしまうのである。この認識なくしてどのような薬害からも抜け出せないことを、人々はもう知らねばならないのだ。

第2章
私が精神医学を「詐欺」と呼ぶワケ

●――あなたも絶対当てはまる！　ADHDチェックリスト

さて、本章では「なぜ精神疾患が詐欺なのか？」という疑問に対して触れていくことにしよう。

ちょっと言葉遊びのようだが、なぜ「精神症状」ではなく「精神疾患」であるか、ということについて考えていただきたい。私も、人間がさまざまな精神症状を呈さないとは、決して言わない。精神症状というのは万人に必ず存在する普遍的なものである。不安、強迫感、うつ状態、怒り、妄想、幻覚、不眠、フラッシュバック、人とのコミュニケーションへの恐怖、依存……あげればきりがなく何かが必ずあるものだ。

問題はなぜ精神疾患が「詐欺」で、精神症状は「詐欺」ではないかを考えることの大事さである。

ちょっと違うたとえを出すことにしよう。ものを売るということは、ただいい商品を作ればいいというものではない。ものを売るためには、その商品をどうコマーシャルするか、そしてなによりある概念から外れることは異常である、と洗脳することが重要だ。

「えっ、あなたまだあの商品持ってないの？　それっておかしいよ」などと不安を煽ることで商品を売ろうとするわけである。

それを精神医療界に当てはめるなら、いかなるとらえ方になるだろうか。現実として行なわれている手法は以下のようになる。

日常の中で普通に存在する精神症状を、あたかも「精神疾患＝医師が治療しなくてはいけない病気」と思わせるために、多くのチェックリストを作り、新聞やテレビ上で、その疾患に当てはまるかもしれないと不安を煽り、精神科に受診させようとキャンペーンを張る。

それらは一見思いやりに満ちた善なる行為にみえるが、真に人間を良くしたいという願いから来る行為ではなく、人々にラベルを張り、不安を煽ることで、精神薬を売り上げようという、要するに精神科が儲けるための戦略なのである。

もう少し具体的な例を出してみよう。

▶計算をするのにとても時間がかかる	□
▶答えを得るのにいくつかの手続きを要する問題を解くのが難しい（四則混合の計算。２つの立式を必要とする計算）	□
▶学年相応の文章題を解くのが難しい	□
▶学年相応の量を比較することや、量を表す単位を理解することが難しい（長さや量の比較。「15cmは150mm」ということ）	□
▶学年相応の図形を描くことが難しい（丸やひし形などの図形の模写。見取り図や展開図）	□
▶事物の因果関係を理解することが難しい	□
▶目的に沿って行動を計画し、必要に応じてそれを修正することが難しい	□
▶早合点や、飛躍した考えをする	□

◉「不注意」「多動性 - 衝動性」

（0:ない、もしくはほとんどない、1:ときどきある、2:しばしばある、3:非常にしばしばある、の４段階で回答）

▶学校での勉強で、細かいところまで注意を払わなかったり、不注意な間違いをしたりする	□
▶手足をそわそわ動かしたり、着席していても、もじもじしたりする	□
▶課題や遊びの活動で注意を集中し続けることが難しい	□
▶授業中や座っているべきときに席を離れてしまう	□
▶面と向かって話しかけられているのに、聞いていないようにみえる	□
▶きちんとしていなければならないときに、過度に走り回ったりよじ登ったりする	□
▶指示に従えず、また仕事を最後までやり遂げない	□
▶遊びや余暇活動に大人しく参加することが難しい	□
▶学習課題や活動を順序立てて行なうことが難しい	□
▶じっとしていない。または何かに駆り立てられるように活動する	□

あなたも絶対当てはまる！ ADHDチェックリスト①

◉「聞く」「話す」「読む」「書く」「計算する」「推論する」 (0:ない、1:まれにある、2:ときどきある、3:よくある、の４段階で回答)	
▶聞き間違いがある(「知った」を「行った」と聞き間違える)	□
▶聞きもらしがある	□
▶個別に言われると聞き取れるが、集団場面では難しい	□
▶指示の理解が難しい	□
▶話し合いが難しい(話し合いの流れが理解できず、ついていけない)	□
▶適切な速さで話すことが難しい(たどたどしく話す。とても早口である)	□
▶言葉につまったりする	□
▶単語を羅列したり、短い文で内容的に乏しい話をする	□
▶思いつくままに話すなど、筋道の通った話をするのが難しい	□
▶内容をわかりやすく伝えることが難しい	□
▶初めて出てきた語や、ふだんあまり使わない語などを読み間違える	□
▶文中の語句や行を抜かしたり、または繰り返し読んだりする	□
▶音読が遅い	□
▶勝手読みがある(「いきました」を「いました」と読む)	□
▶文章の要点を正しく読みとることが難しい	□
▶読みにくい字を書く(字の形や大きさが整わない。まっすぐに書けない)	□
▶独特の筆順で書く	□
▶漢字の細かい部分を書き間違える	□
▶句読点が抜けたり、正しく打つことができない	□
▶限られた量の作文や、決まったパターンの文章しか書けない	□
▶学年相応の数の意味や表し方についての理解が難しい(3047を、300047や347と書く。分母の大きいほうが分数の値として大きいと思っている)	□
▶簡単な計算が暗算でできない	□

▶だれかに何かを伝える目的がなくても、場面に関係なく声を出す（例：唇を鳴らす、咳払い、喉を鳴らす、叫ぶ）	□
▶とても得意なことがある一方で、極端に不得手なものがある	□
▶いろいろな事を話すが、その時の場面や相手の感情や立場を理解しない	□
▶共感性が乏しい	□
▶周りの人が困惑するようなことも、配慮しないで言ってしまう	□
▶独特な目つきをすることがある	□
▶友達と仲良くしたいという気持ちはあるが、友達関係をうまく築けない	□
▶友達のそばにはいるが、一人で遊んでいる	□
▶仲の良い友人がいない	□
▶常識が乏しい	□
▶球技やゲームをするとき、仲間と協力することに考えが及ばない	□
▶動作やジェスチャーが不器用で、ぎこちないことがある	□
▶意図的でなく、顔や体を動かすことがある	□
▶ある行動や考えに強くこだわることによって、簡単な日常の活動ができなくなることがある	□
▶自分なりの独特な日課や手順があり、変更や変化を嫌がる	□
▶特定の物に執着がある	□
▶他の子どもたちから、いじめられることがある	□
▶独特な表情をしていることがある	□
▶独特な姿勢をしていることがある	□

あなたも絶対当てはまる！ ADHDチェックリスト②

◉「不注意」「多動性 - 衝動性」（74 ページの続き）

（0:ない、もしくはほとんどない、1:ときどきある、2:しばしばある、3:非常にしばしばある、の４段階で回答）

▶集中して努力を続けなければならない課題（学校の勉強や宿題など）を避ける	□
▶過度にしゃべる	□
▶学習課題や活動に必要な物をなくしてしまう	□
▶質問が終わらない内に出し抜けに答えてしまう	□
▶気が散りやすい	□
▶順番を待つのが難しい	□
▶日々の活動で忘れっぽい	□
▶他の人がしていることをさえぎったり、じゃましたりする	□

◉「対人関係やこだわり等」

（0:いいえ、1:多少、2:はい、の３段階で回答）

▶大人びている。ませている	□
▶みんなから、「○○博士」「○○教授」と思われている	□
▶他の子どもは興味を持たないようなことに興味があり、「自分だけの知識世界」を持っている	□
▶特定の分野の知識を蓄えているが、丸暗記であり、意味をきちんとは理解していない	□
▶含みのある言葉や嫌みを言われても分からず、言葉どおりに受けとめてしまうことがある	□
▶会話の仕方が形式的であり、抑揚なく話したり、間合いが取れなかったりすることがある	□
▶言葉を組み合わせて、自分だけにしか分からないような造語を作る	□
▶独特な声で話すことがある	□

七四～七七ページに、教育現場に配られているＡＤＨＤ（注意欠陥多動性障害）の子どもを選別するためのチェックリストを掲載した。あなたはいくつ当てはまるだろうか？

答えた人全員が何らかの部分で当てはまるのではなかろうか？

このアンケートの中で、「聞く」「話す」「読む」「書く」「計算する」「推論する」の六つの領域（各五つの設問）のうち、少なくとも一つの領域で該当項目が12ポイント以上、「不注意」「多動性・衝動性」では奇数番目の設問群（不注意）、偶数番目の設問群（「多動性・衝動性」）の少なくとも一つの群で該当する項目が6ポイント以上（ただし、回答の0、1点を0点に、2、3点を1点にして計算）、「対人関係やこだわり等」では該当する項目が22ポイント以上。これだけでＡＤＨＤという診断に結びつくのである。まったくもってふざけた話だ。

ここに書かれている特徴はすべて「子どもそのもの、人間そのもの」であって、障害などと診断するような類《たぐい》のものではない。

これはつまりどういうことかというと、人間に存在する普遍的な喜怒哀楽や性格や特徴、また集団とは違う部分をすべて抽出して、病気とするよう設定したということである。

違う言い方をすれば、普通になりたい人たちの願望を利用して、病気であるかのように見せかけているということである。

その目的は単純明快で、精神科医と製薬業界が儲けるためにすぎない。

●──人間は怒り、泣き、笑い、悲しむもの

病気でないものを病気とし、薬によって良くなるものではないにもかかわらず、良くなるというウソを並べることによって、相手をだまして客＝患者とし、しかもその治療は現実的に良くならないものがほとんどであるという、現代の精神医療の姿を、私は詐欺と呼んでいる。

もし良くなる人がある程度いるのであれば、私は精神科医が大いに儲けてもらっても結構だと思う。医学に限らず、すべての分野でそのようなビジネスが行なわれているのは、間違いない事実だからである。

問題はその治療行為があまりにも成功率が低いうえに、もし良くなってもそ

れは見せかけ上で、薬に依存させられ永久的に患者として薬を飲んでいくよう仕立てられているという、儲け第一主義の現実なのである。

精神薬を飲み続けて保っている状態を「良くなる」とは言えないということだ。それは改善ではなく、依存だから。

先ほどは精神症状について生理的と述べたが、今の精神医学の価値観では、精神を完全にコントロールできない人間以外はすべて精神病となってしまう。それはすべての人間にできないことであって、できるのは機械しかないというのに。

その価値観の中では、何も知らない一般人は周囲に合わせるため、完璧を求めて薬を飲むことによって、自分の不完全な部分を補おうと考える。薬によって自分の性格を変えようとまでする。けっして薬ではその欲求が叶うことはないのにそうする。これは一般の詐欺が人の金銭的欲望を利用するのと同じように、人の評価や周囲への配慮を逆利用した巧妙な詐欺手口ともいえるだろう。

これらを考慮すれば、この世で精神病とやらにならず生きていこうとしたら、感情を消しとおすしか道はない。

さまざまな気質を個性として重視した時代はすでに過去のものであり、少しでも社会にそぐわないもの、異質なものはすべて病気として規定されるようになった。それがどれほどおかしいことか、今更説明は必要ないだろう。人間はちょっとしたことで怒り、泣き、笑い、悲しむ、ちょっとしたことで不安になり、どうでもいいことにこだわってしまう。変なものが見えたり聞こえたりすることも、人によってはありうるだろう。それが普通であることを人々は忘れてしまったようだ。

精神疾患を詐欺と呼ぶことに関しては、「善意の陰謀」という別のうまい造語を考えた人がいる。イギリスで精神薬の薬害問題に取り組んだチャールズ・メダワーである。彼とアニタ・ハードンとの共著『暴走するクスリ？』(吉田篤夫・浜六郎・別府宏圀訳、医薬ビジランスセンター)では、精神薬が開発されてきた経緯とか、権威ある学会が善意をみせつけながら利益誘導するやり方をとらえてこう皮肉っているが、見方を広げれば、精神科にかかわるすべての物事は善意の陰謀であるととらえられなくもない。つまり患者を取り巻く家族、精神科医、心理士、福祉関係者、そのすべてがいい人のふりをして、実は裏では違うたくらみを秘めているということである。その意味で「善意の陰謀」とはうまい皮肉だが、もっと簡単に「詐欺」と言って何が悪いのか、それが私の正直な意見なのだ。

●—「睡眠キャンペーン」の真実

ここでも一つ例を出してみよう。

上のようなポスターを見たことはないだろうか。これは、自殺対策の一環として、内閣府が二〇一〇年三月から始めた、「睡眠キャンペーン」のポスターだ。

実は事前試行として、静岡県富士市では、全国に先駆けてこのキャンペーンを二〇〇六年から打ち出していた。

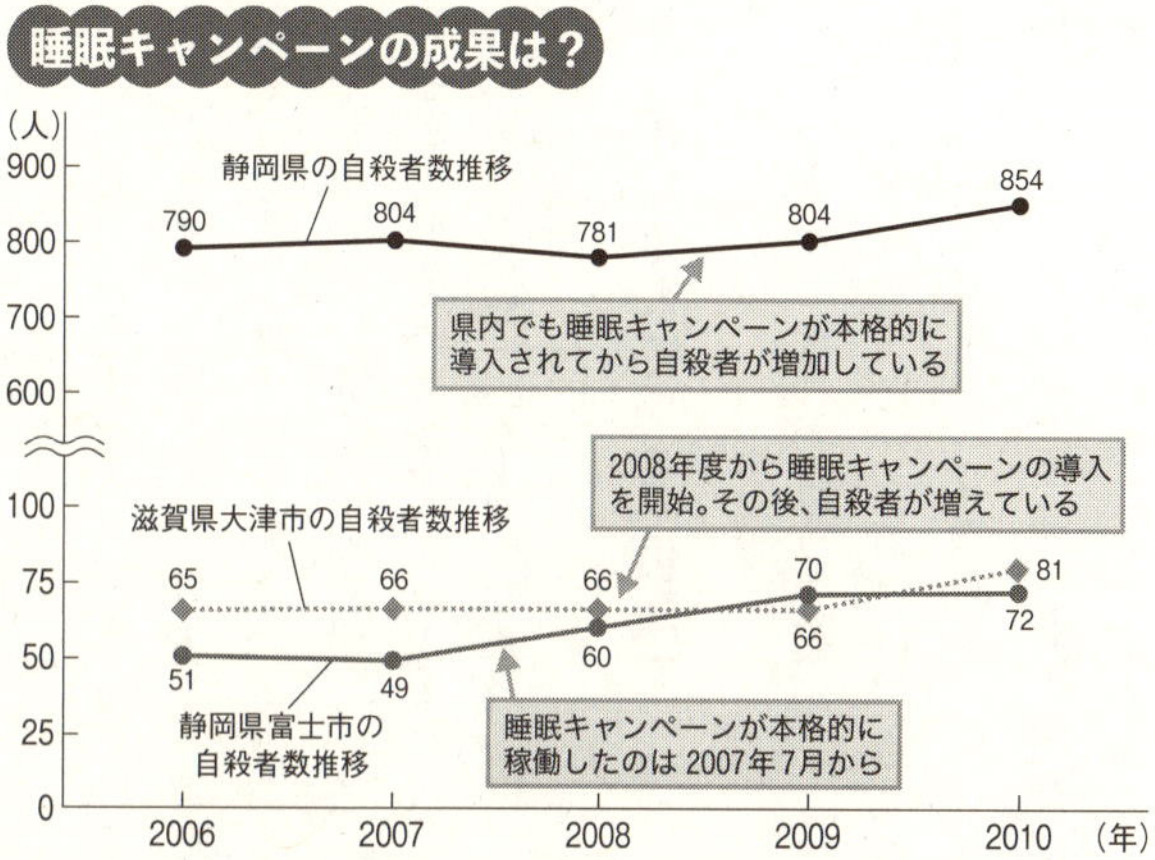

※厚生労働省「人口動態統計」をもとに作成

うつを脳の機能障害とし、薬で良くなると言ってはばからない精神科医の主張が取り込まれたこの自殺対策の効果はどうか？　上の図を見れば、「逆効果」以外の何物でもないことがおわかりいただけるだろう。

実は逆の話もある。自殺遺族が集まる全国自死遺族連絡会（代表・田中幸子）では、睡眠薬や精神薬が自殺率を高めていると考え、地域の啓蒙運動として精神科を受診しないこと、精神薬を服用しないことなどを市民や役所向けに行なった。

その結果、本拠がある宮城県では二〇％以上も自殺率が改善したのである。

確かに自殺対策に取り組もうという方針は善意であり、精神薬を飲んで楽にさせようという行為も一見すると善意である。しかし、当初の発意自体は善意でもむしろ結果は悪化するわけである。

そして真の目的が自殺対策にかこつけた、学会と製薬会社が協調して行なう睡眠薬の販売キャンペーンだとすれば、これは善意の陰謀に他ならず、詐欺と呼ぶ以外の何に当たるのだろうか？

●──否定されている「仮説」

みなさんご存じの抗うつ薬だが、抗うつ薬の作用を簡単に説明すると、セロトニンを増やすということに尽きると思われる。

「うつ病＝セロトニンの減少」という現象に対し、「抗うつ薬＝セロトニンを増加させる」ということで、発売当初は夢の薬のように扱われた。副作用もないと銘打って販売されたものである。

おもな精神薬の副作用発現率

薬品名	発売元・製造元など	対　象	副作用発現率
サインバルタ	イーライリリー	SNRI(抗うつ薬)	90.2%
リフレックス	明治製薬	NaSSA(抗うつ薬)	82.7
コンサータ	ヤンセンファーマ	中枢神経刺激薬(おもにADHD治療薬)	80.6
スルモンチール	塩野義製薬	抗うつ薬	77.7
ストラテラ	日本イーライリリー	ADHD治療薬、実際はSNRI(抗うつ薬)	71.9
パキシル	グラクソ・スミスクライン	SSRI(抗うつ薬)	68.5
ジプレキサ	イーライリリー	抗精神病薬(おもに統合失調症治療薬として)	65.0
セロクエル	アステラス／アストラゼネカ	抗精神病薬(おもに統合失調症治療薬として)	62.5
ルーラン	大日本住友	抗精神病薬(おもに統合失調症治療薬として)	62.2
リタリン	ノバルティス・ファーマ	中枢神経刺激薬	61.9
エビリファイ	大塚製薬	統合失調症治療薬	60.8
ジェイゾロフト	ファイザー	SSRI(抗うつ薬)	59.6
タミフル	**中外製薬**	**インフルエンザ感染症治療薬**	**27.5**

しかしこのことが真実であるかといえば、当然そうではない。上の表は精神薬の副作用発現率を示したものであり、製薬会社が正式に発表しているものである。また、三八ページでも合成麻薬ＭＤＭＡと抗うつ薬の類似性については説明したとおりである。

うつ病がセロトニンの減少に関係するのではないかという仮説を立てたのは、ジョセフ・シルドクラウトという人だ。セロトニンやドーパミンが精神病に関係するのではないかという仮説を、モノアミン仮説という。

しかし、提唱したこの仮説はすでに否定されている。仮説というより関係ないと「証明されている」のだ。

にもかかわらず、たとえば二〇一〇年に発表された研究によれば、アメリカ人の八七％が統合失調症はセロトニンやドーパミンがバランスを失っているという「化学的不均衡論」が原因であると考え、またうつ病も八〇％の人が同じように考えているという結果が出ている。

この件に関して、アメリカ精神医学雑誌「The American Journal of Psychiatry」には、うつ病の化学的不均衡理論を再検討した医師たちによる以下のようなレビュー記事が掲載されている。

「一〇年以上にわたるPET study、モノアミン枯渇に関する研究、およびモノアミン関連遺伝子の多型性を調べる遺伝子関連解析の結果、うつ病の病態生理において、セロトニン系、ノルアドレナリン性、またはドーパミン作動性神経伝達の実際の欠陥に関係すると思われるエビデンスはほとんど存在しなかった」

そして、二〇一二年現在にいたっても、脳内のセロトニン濃度を測定することもできないのだ。にもかかわらず、この仮説は世界中でうつ病を語る基本理念のように語られ、抗うつ薬もそれを基本に作られてきた。これは薬ありきでまったくウソの仮説を、さも根拠あるもののように用いているにすぎない。

●――精神科医ごとに異なる診断

またこのような話もある。アメリカにおける二〇〇〇年の科学誌の発表では、若手精神科医たちが患者を診察したところ、偶然が起こらない限り意見が一致しないことが明るみに出た。つまり精神科医の診断は人それぞれバラバラで、何の評価基準もなく、すべて主観によって左右されていることがばれてしまったのだ。

これらは内科や他の領域では絶対にありえない出来事である。糖尿病といわれれば必ず万人で、血糖値が高いことが示される。がんであれば血液検査や画像検査が必ず示される。ところが精神科の診断では、極論すると、精神科医がある患者を嫌えば病名が変わってしまう場合だってあるのだ。この点がまさに詐欺の温床となっている。

もう一つ例を出そう。アメリカの有名雑誌「サイエンス」に掲載された一九七三年の記事によると、八人の一般市民がそれぞれ別の一二の病院へ受診して、「空っぽだ」「虚しい」という声や、「ドサッ」という音が終始聞こえると訴えるように演技をした。その結果、一人を除いてすべての人が入院させられて、しばらくしてから統合失調症の「寛解」だとして退院になった。全員ウソで受診したにもかかわらず……。

日本でもいい加減な話があった。日本でも抗うつ薬を大量に処方する精神科医がいたが、その副作用で躁転したり被害が拡大したりすると、発達障害のせいである、躁うつ病のせいであるなどと都合のいい言い訳を持ち出すケースが多数見受けられた。私とてそのように考えていた時期があることは否定できないことである。

しかもその被害が知られることを防ぐため、数々の隠蔽工作を行なうのが精神医療側の基本的考え方であり、時には製薬会社、時には家族会などを取り込んで、ひたすら自分たちの罪を隠すよう動いてきたのが精神科医の現実なのである。

その意味で、今書いているこの本は、自分は決してそこまで堕したくはないという意味を込めた内部告発なのだともいえる。

なぜそのようにやりたい放題が可能なのかと問われれば、これまで指摘してきたとおり、病気を規定する科学的根拠がないからといえるし、精神科医の主観にすべて左右されるからということになる。

●――一八〇度変わった「日本うつ病学会」理事長の発言

精神科の権威中の権威である日本うつ病学会前理事長は、過去にこう述べている。

「現在いろいろな薬が使われていますが、一般にどの薬も恐ろしい副作用はありません。中でも抗うつ薬は一番安全性が高い。継続して飲んでも心配なく、ぼけることも絶対にありません」

（「信濃毎日新聞」二〇〇三年九月五日付朝刊）

「麻薬のようなものでは、という誤解があるが、麻薬にはいつも欲しくなるという依存性がある。抗うつ薬には麻薬的作用はまったくなく、睡眠薬のような習慣性もない。止められなくなるとか、癖になったりしない」

（「熊本日日新聞」二〇〇六年九月二日付）

「薬で気持ちを変えるのは不自然で嫌だ」という患者もいる。「これは、薬でうつ病が治って、その結果、気持ちが変わるということととらえたほうがいい。違う人格になることなどありません。抗うつ薬は〝強い薬〟というのも誤解。一般に、〝強い薬〟とよくいわれるのは、飲むと副作用があるという意味で使われていると思う。確かに抗うつ薬に副作用はあるが、決して強力に作用して、フラフラになるとか、日常生活が送れないということはないんです」

これらの発言が、二〇〇九年には次のようになる。

（「熊本日日新聞」二〇〇六年九月二日付）

「SSRI（抗うつ薬）の国内販売開始は一九九九年。現在四商品あり、うつ病治療では最初に処方される。旧来の『三環系抗うつ薬』と比べて便秘、太りやすい、心臓への負担などの副作用が少なく安全性が高いとして、『発売当初は過剰な期待があった』。ただ、アクティベーション症候群（自殺企図や攻撃性などの異常行動を起こすこと）が起こり得るのは『当初からわかっていた』」

（「日本経済新聞」二〇〇九年八月一六日付）

一般人をなめた話である。当初からわかっていたのなら当時、数々の新聞に載せた話はいったい何だったのか？

もちろんそれらはウソ偽りであって、精神医療の利権を保つためでしかない。

私は別に、必ず前に言っていたことを貫けとは言わない。しかし、このような詭弁《きべん》を弄《ろう》する前に「私はバカでどうしようもないウソつきでした。その罪滅ぼしのため真実を説明し、みなさまの役に立つよう頑張ります」と断ってから、新聞に語るべきであろう。

●――ファイザー社のデッチアゲ研究

いい加減なのは精神科医だけではない。もちろん製薬会社も同じである。たとえば「ロイター」(二〇〇九年一一月一一日付)が掲載したニュースに、以下のようなものがある。

●ファイザー社、研究データをデッチアゲ

調査機関が発表したところによると、ファイザー社が販売する「ガバペンチン」(てんかん薬)のマーケットの拡大に不都合な研究結果の揉み消しや改竄を同社が行なっていたことを示す社内文書が見つかり、製薬企業でどのように科学研究の操作が行なわれているかを知る機会を提供する結果となった。臨床試験ではあらかじめ科学的疑問を設定しておいて、それを調べることになっているが、「ガバペンチン」をてんかん以外の疾患に適用した場合の社内データと公表データを比較してみると、20の試験報告のうち8試験は医学ジャーナルに公表されていなかった。公表された12の試験報告のうち8試験では、主要転帰（研究に関する疑問と答え）が、元の研究計画にあったものとは異なるものにファイザー社によって変更されていた。「研究の公表報告の間で入れ替えられた主要転帰はいくつもあった」と、ボルチモアのジョンズ・ホプキンス大学のケイ・ディカーシン女史は語る。「いくつかの主要転帰はまったくどこかに行ってしまっていた。新たに作られたものも。もとは二次転帰に設定されていたものが主要転帰に格上げされているものもあった」と、電話インタビューで女史は語った。

ファイザー社がスポンサーとなって行なわれたこの一連の研究により、偏頭痛や痛みといった症状に対して「ガバペンチン」がどのように作用するかが示されたが、これは「ガバペンチン」の適用外使用である。

薬というものは、いったん承認されれば医者の判断で自由に処方できるため、承認外での販売が許可されていない製薬企業は、医学雑誌に掲載されたこうした研究記事をコピーして医者に見せ、適用外のこれこれこういう症状にも効果がありますとやるわけだ。

ディカーシン女史がこの内部資料を入手したのは、ファイザー社が四億三〇〇〇万ドル支払うことで決着した二〇〇四年のガバペンチンの違法プロモーション裁判で、専門家証人としてファイザー社と対峙したとき。またこの問題を別の弁護士が取り上げ、適用外の販売活動、都合の悪い研究結果の揉み消し、都合の良い結果を導き出すための臨床デザインの変更などに対し、再度ファイザー社は訴えられている。

つまり、すべてのものが、これくらいいい加減だということである。

●—早期介入、早期支援という一大詐欺について

日本で、この詐欺を大々的に進めようとする動きがある。それが「早期介入・早期支援プロジェクト」だ。

増え続ける精神障害者保健福祉手帳交付数

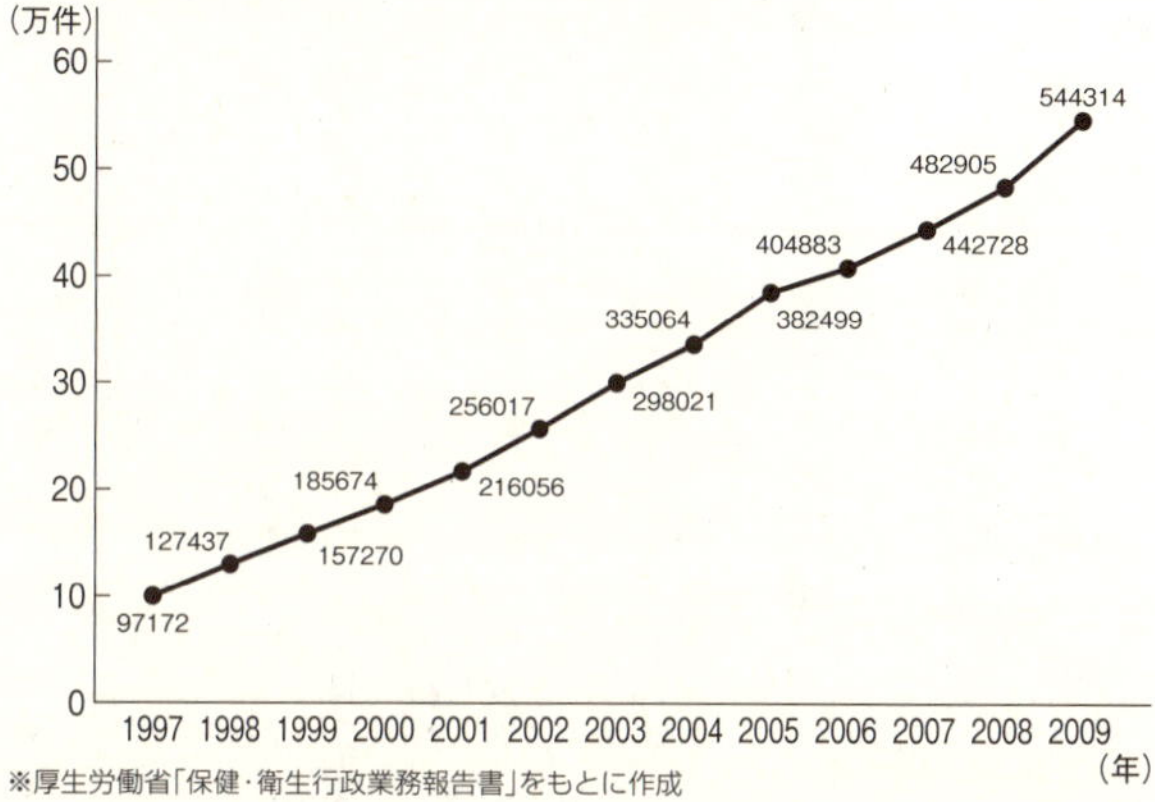

※厚生労働省「保健・衛生行政業務報告書」をもとに作成

早期介入・早期支援とは国や関東系の精神病院、有名福祉法人などが大グループとなって進める国家プロジェクトといってよい。その内容とは言葉のとおり、

「精神病や精神的に問題ある人を早く見つけ」

「早く精神病院に連れて行き、早く薬を飲ませて安定させる」

「早く福祉施設に入れて障害者として作業所などで働かせる」

というのが基本概念だ。

まったく聞こえはいいが、これはまさに大規模詐欺に他ならないわけで、要するに早く金儲けの対象である患者を見つけ、薬を飲ませることで長期患者を作り、精神障害者のレッテルを貼り、それを福祉施設に入れることでさらにマージンと利益を得ることを目的としている。

百歩譲って、働くことが難しかったり、能力的に困難だったりする場合は福祉に組み込むのはありうるだろうし、相談業務を行なうことはありうるだろう。別に私は福祉をボランティアでやれなどとまったく思わない。

しかしその中で薬を飲ませるべき人、病気であると判断すべき人、本当に福祉が必要な人がいったいどれくらいいるだろうか。

私の答えは、もちろん「非常に少ない」だ。

●──精神医学幻想からの脱却

なぜ、いちクリニックの医師にすぎない私がこのようなことを言うのか？

その原点は「はじめに」で述べた「精神科セカンドオピニオン活動」による。

活動の中で何百何千というすさまじい投薬をされてきた患者さんを診察し、セカンドオピニオンしてくると、そのことがよくわかるからだ。

　前述のとおり、精神科セカンドオピニオン活動をしていたころは、よりよい精神医療というものが存在するのではないか、という甘い幻想を抱いていた。

　そういう幻想があるとどうしても診断や治療など、精神医学に準拠したような行動しかとれなくなってしまう。障害という考え方や、薬は正しいものだという考え方から抜け出せなかったのである。

　しかしその後、多くの方に出会うことができた。世界の人権団体関係者、精神医療被害連絡会の人々、他科の医師たち、精神医療に否定的な福祉関係者たち、精神医療に取り組む法律家たちと会って、そのことは真に幻想でしかないことを私は教わったのである。

　また、ネット内における被害者から寄せられた声も私にさまざまな気づきを与えた。そのどれもが私の知らないことばかりであった。

　そのような経験を重ねることが増えるにつれ、私の中に劇的な変化がもたらされたのだと思う。つまり「精神医学は正しく、薬は必要である」という洗脳からの解放である。

そこにあったのは精神科という存在が、どこまで世界の人々に対して悪事を働いてきたかであり、家族と精神科医が共同で患者を苦しめてきたかという実態である。

薬の副作用、離脱症状を赤裸々に語る文面は、ネットを開けばすぐ見ることができる。そんな問題が起こるのも、詐欺と呼ぶにふさわしい安易な診断体系と、精神薬の薬害に端を発する。製薬会社にとっては精神薬でどれだけ被害が出ようとも関係はない。いや、副作用の調査など真面目にやる気はないのだから。

●――「ダメでも結果は隠せる」

ここでも一つエピソードを載せよう。

「ブルームバーグ」（二〇〇九年九月一五日付）に掲載された、「If neg, results can bury」（ダメでも結果は隠せる）と題されたメモである。

世界第二位の巨大製薬メーカー、グラクソ・スミスクライン社の重役による、抗うつ薬「パキシル」と出生異常の関係に関して、マイナスの研究結果は隠蔽すると記述されたメモが、裁判において提示されたのである。

グラクソ社の重役ボニー・ロッセロは、動物実験をせざるをえなくなった場合の会社の対応として、「ダメでも結果は隠せる」と、一九九七年のメモに記していた。このメモは、生まれつき心臓疾患のある子どもの家族が訴えた裁判の冒頭陳述で読み上げられたものだ。

つまり人々は、こういう会社が作ったものを日々飲んでいるということである。

このような業界において家族、精神科医、心理士、福祉士、看護師たちが織りなす差別と儲け主義に切り込まず、早期介入・早期支援しようものなら、いったいどれだけの子どもたちが犠牲になるか、見当もつかない。

アメリカ精神科医の良心と謳われたピーター・ブレギンも、「ハフィントンポスト」（二〇一〇年一二月一七日付）で次のように告白している。

「科学と医学による巧妙な合理化と正当化によってまったく認識されていないが、現代社会で最も破壊的かつ広範囲な児童虐待が行なわれていることを、鋭い嗅覚の備わった大人ならだれでも、そして子どもの多くも気づいている。おそらく成人アメリカ人、そして大人になりかけている子どもならだれでも、この虐待の被害に遭っている子どもを少なくとも一人くらいは知っている。特に教師、コーチ、あるいは子ども相手の仕事をする人なら、この新たな虐待に遭っている子どもを、何十人、時には何百人も知っているはずだ。私たちの社会に特有の新たな児童虐待、それは子どもに対する精神科診断と投薬である」

すでに日本の一部では早期介入のモデル地域が存在し、この早期介入の流れが強くなれば、学校で少し異質な子どもは、すべて精神疾患であると扱われるようになるであろう。

本章の冒頭に掲げたＡＤＨＤアンケートをもう一度ご覧いただきたい。この表で精神病を鑑別し子どもを精神科に送るのであれば、ほぼすべての子どもが精神病に当てはまってしまうのではないか。もっといえば、大人であれ同じである。当てはまる方はたくさんいるであろう。その人たちはみな精神科にかかり、薬を飲まねばならないとでもいうのだろうか。まるで統制を余儀なくされるような近未来社会が、人間社会としてまっとうであるとは、私には到底思えないのである。

第3章 これは病気ではない

❶最も流行の精神疾患「発達障害」

●──流行の「発達障害」という概念を広めた、わが反省

この数年で最も流行りの疾患こそ「発達障害」であろう。

そしてその発達障害が流行る原因の一つを、まぎれもなく「精神科セカンドオピニオン活動」が作り、その一部に私が含まれていたことは、申し訳ない限りである（『精神科セカンドオピニオン２』は発達障害に関する著書である）。

なぜ謝罪するか、それはこの本が世に出されたことにより、発達障害という間違った考え方がより身近なものとなり、精神科医や親たちが子どもを発達障害と診断することを、手助けすることになってしまったからである。

たとえば、親が「この子は発達障害ではないでしょうか？」と相談に来るケースがかなり増えた。そのほとんどすべては、私が診察した限り、発達障害な

どというレベルではなかったのである。これはつまり、私自身が善き人のふりをして、実は被害をまき散らしたということだ。私自身が善意の陰謀を働いたということである。

確かに、「発達障害」によって定義されるような行動形態は存在するかもしれない。しかしあまりに不確定すぎるし、日常的・生理的すぎるのだ。

この発達障害という概念の詐欺について考察していきたい。

たとえば、以下は教科書に載っている発達障害の四徴である。

①言語発達、コミュニケーション障害（無関心や対人関係の不器用）
②社会性の障害（友人を作れず、遊ぶことが苦手）
③同一性保持行動（儀式化され常同化した行動を変えることへの抵抗）
④多くは、知的障害を合併する

ごく簡単にいえば、すべてを兼ね備えていればカナー型自閉症圏内、②と③に限局されていればアスペルガー症候群である。

しかしよく考えてみてほしい。たとえば同一性保持という言い方をすればわかりにくいかもしれないが、これは簡単にいえば、頑固者だったり融通が利かなかったりすることである。

頑固でない人間なんて、いったいどれだけの割合存在するのだろうか？　友人を作れないことが社会性のうえで問題があるのなら、いったい日本人の何割がこれに該当するのだろうか？

これはしょせん団塊世代の発達障害専門医（今の流れを作った医師たち）と、製薬業界によって作り出された新たな虚構なのである。

であるにもかかわらず、私は発達障害概念をさぞ古くて新しい概念のように本を書いてまで広めてしまった。申し訳ない限りである。

●—隠れ蓑としての発達障害

逆にいえば、もし発達障害というものが存在するなら、それは先天的な障害であり性格的側面が強いわけだから、発達障害児の親はすべて発達障害であるし、もっといえば人類全体が発達障害でないとおかしい話になる。しかし、それを認めた親を私はほとんど知らないのだ。

勉強すればするだけ発達障害などというものは「人間そのもの」であり、それが生まれた経緯はただのレッテル貼りと、大人たちが子育てにおける自分たちの無能を隠すための、「隠れ蓑」にすぎないとわかる。大人の発達障害などはその極みであろう。

今の児童精神科医たちが発達障害を流行にした一番の理由は、それこそ「カネ」に他ならない。児童精神科医の間では「発達障害の生涯支援」という有名な言葉がある。つまり彼らにとって患者は、一生カネを貢いでくれる存在なのである。ここでも百歩譲って発達障害という存在を認めるとしても、一生支援しなければいけないとは限らない。というより、私が知っている発達障害や自閉症の人には、ずっと続く支援など必要としていない人が圧倒的に多い。

古い時代で考えてみれば、その時代においては発達障害どころか精神疾患などという概念そのものがなかった。たとえば内気な人たちは単に内気であって、どこまでいっても個性の範疇《はんちゅう》でしかとらえられなかった。昔の女性など、口数が多くてコミュニケーションがうまい女性は「あばずれ」だったのである。ところが、今やこのような人間としては普遍的な特性までが、発達障害として規定されるようになってしまった。

これは学校教育も同じで、今、教育現場では発達障害やアスペルガーを見つけるのに躍起になっている。学校で行なわれるアンケート用紙に答えれば、必ず発達障害になるよう質問（アンケート表）が構成されていて、向かう先は児童相談所や発達障害支援センターであり、知能や特性のばらつきを検査で指摘されて精神科へ紹介され、精神薬を飲まされるというのがパターンになっている。

ここでも確かに症状が重い場合、精神遅滞（知的障害）や重症自閉症という行動形態は存在しうるかもしれない。

しかし、それでももしそれが障害だというのであれば、生活や生存のすべてが成立しないレベルでなくては、診断する必要はない。そういう特性があっても、なんの介入、支援もなしに社会適応してきた団塊・戦前世代はたくさんいるのだから。

これらはすべて薬を投与して治るものではない。このように子どもにレッテル貼りをしようとする行為は、すべて儲け主義の延長にすぎないのだ。

●——「昔はADHDなんて言わなかった。子どもって言ったんだ」

もう一つ、ADHDという概念がある。この概念が発達障害に属するのかどうかは意見が分かれるところだが、ADHDの概念のほうがより詐欺的で被害が大きいようである。

ADHDの詳しい知識は専門書に譲るが、ひと言でいえば、不注意で片付けが下手で思いつきで行動するということである。

これが特に子どもの病名として使われるということは、いったい何を意味するのか？

アメリカのある良識的精神科医は、ADHDについて次のように嘆いたといわれる。

「昔はADHDなんて言葉は使わなかった。子どもって言ってたんだよ」

子どものいったい何割が不注意でないというのか？

片付けが上手か下手かはしつけによってまずは規定されるもので、十分なしつけによっても片付けられない子どもはごく少数であろう。思いつきで行動するなど、夢多き子どもの最たるものであろう。もっといえば、子どもも片付けができないといけないとする発想そのものが、すでに固定観念の極みである。

であるとすればこの定義は何なのか？　この定義は病人を増やしたい精神医療界側の思惑と、ろくな教育もしないで子どもに責任を押し付けようとする親側の思惑が、一気に合致した結果といえる。子どもは何も知らずにだまされた被害者なのだ。であるからこそ、私はこの診断名が詐欺以外の何物でもないといえるのだ。

●――ADHD治療薬は、ほとんど覚醒剤

そしてADHDの場合、さらに問題となるのが薬の問題である。

ADHDでは専用の治療薬としてストラテラとコンサータという薬が承認されている。ADHDは集中力がないので、これらの薬で集中力を高めようとい

うのがお題目だ。

しかし、これらは本当に覚醒剤そのもののような薬であり、とてもじゃないが子どもに飲ませられるような代物ではない。海外では多くの注意喚起がなされているが、精神科医たちはすべて無視しているのが現状である。

たとえばストラテラの場合、各国政府機関による警告として以下のようなものがある。

【二〇〇五年】

二月……イギリス医薬品庁は、ストラテラが肝障害を引き起こす危険性について通知した。

八月……ヨーロッパ医薬品審査庁医薬品委員会は、パキシルなどの抗うつ薬やＡＤＨＤ治療薬のストラテラが、自殺未遂、自殺念慮、攻撃性、敵意、反抗的行動、怒りを引き起こすとして、子どもの抗うつ薬服用に対して、それまで最も強い警告を発した。

九月……ＦＤＡは、ストラテラに対し、服用している子どもや若者に自殺念慮の危険性が増大するという枠組み警告表示などの改訂を、イーライリリー社に指示した。

九月……カナダ保健省は、ストラテラが自傷行為のリスクを含む行動と感情の変化を引き起こす可能性について医療関係者に通知した。

【二〇〇六年】

二月……FDA諮問委員会は、ADHDに対する中枢神経興奮剤について、心臓発作や脳梗塞、突然死を引き起こす可能性があるとして、パッケージに今までで最も強い「ブラックボックス」警告を記載するよう要請した。

二月……イギリス医薬品庁は、ストラテラが、発作や鼓動間隔を長くする潜在的な危険性と関係があることを報告した。また、ストラテラをプロザックやパキシルのような抗うつ薬と併用した場合に、心臓のトラブルを引き起こす可能性についても警告した。

五月……カナダ保健省は、ADHDの治療薬として処方されたすべての治療薬（ストラテラを含む）に対して、まれに突然死を含む心臓病の危険性があるという新たな警告を発した。この公的な注意書きでは、中枢神経興奮剤が心拍数と血圧を上げ、その結果「心不全や心臓発作、突然死」を引き起こす可能性について警告されている。

一〇月……オーストラリア保健省薬品・医薬品行政局は、ＡＤＨＤ治療薬であるストラテラが攻撃性を引き起こしたという苦情を受けて、製造元の情報により強い警告を追加するように命じた。

【二〇〇八年】

六月……カナダ保健省は、前年までにストラテラの使用との関連が疑われる有害反応報告を一八九件受け、このうち五五件が自殺企図と分類され、うち四一件が小児（六〜一七歳）であったことを発表した。そして、ストラテラの製品の注意書きに「患者の年齢を問わず、自殺念慮、または自殺行動を示唆する他の徴候について、綿密にモニタリングすべきである。これには、激越型の感情や行動の変化、および症状悪化のモニタリングが含まれる」という文章を追加した。

さらに危険な薬がコンサータである。コンサータは悪名高いリタリンの徐放剤で、メチルフェニデートと呼ばれる物質である。メチルフェニデートはアンフェタミン系の類似物質であり、アンフェタミン系の薬物の代表格がメタンフェタミンである覚醒剤（ヒロポン、スピードとも呼ばれる）である。つまりコンサータを子どもに飲ませるということは、長時間効く覚醒剤を子どもに飲ませているのと大差はない。

前章で製薬会社が公表している副作用発現率の数字をご覧いただいた。この数字を見て、あなたは集中力を高めるために子どもに薬を飲ませたいと思うだろうか。

もしそれでも飲ませたいと思うなら、私はあなたを虐待者だと言ってはばからないだろう。ピーター・ブレギンが述べているように。

●──入院なんかしなきゃよかった

最後に一例を提示する。『精神疾患・発達障害に効く漢方薬』に掲載したケースである。題名は「入院なんかしなきゃよかった」だが、現在の状況を踏まえてどう考えるべきだろうか？

＊当時一五歳の女性（二〇一一年で一七歳）

幼少時は双子ということもあってかおとなしくて、友達の輪の中に積極的に入って遊ぶのは苦手で偏食の多い子だった。手のかからない子だったが、姉の面倒を見るくらいのしっかりもの。

中学生になると、ますます真面目で成績もトップクラスになり、友達からも先生からも信頼を得ていたが、中学校二年生の後半、男子生徒数人から「勉強ができて、クールぶってるところがムカつく」といって、ひどいいじめに遭った。中学校三年生になってからは不登校になっていった。

その後、なんとか保健室登校を続けていたが、だんだんと眠れなくなり、ついには不登校になってしまった。

「独りで家にいると、だれかがいるような気がして怖い」と訴えるようになり、親は児童精神科を標榜している個人クリニックを受診させた。

「統合失調症の初期段階（初期統合失調症）」と診断され、ショックながら母親は治療に専念させようと考えたが、父親はどうも腑に落ちない。だれでもありうることではないかと考えていたからだ。

【最も飲んでいたときの処方内容】（一日量）

- リスパダール（抗精神病薬／リスペリドン）……………………四mg
- ベゲタミンB（睡眠薬・抗精神病薬／合剤）……………………一錠
- アキネトン（抗パーキンソン病薬／ビペリデン）………………二mg
- デパケン（抗てんかん薬／パルプロ酸ナトリウム）……三〇〇mg
- ピレチア（抗ヒスタミン薬）………………………………二五mg
- ロヒプノール（睡眠薬／フルニトラゼパム）……………………二mg
- ベンザリン（睡眠薬／ニトラゼパム）……………五mg（頓服）

医師は、少しでも状態が良くないことを伝えると、三〜七日くらいで薬を変えた。結局、通院していた一カ月半の間で、ほとんど全種類の非定型抗精神病薬を投薬された。ジプレキサという薬を飲んだとき、女性は「この薬を飲むとダメ。イライラする！」と訴え、そのイライラはずっと治まらないまま。この医師に不信感と不快感を抱き、前もって予約していた大学病院に転院した。

ところがそこでも「断定はできませんが、統合失調症の可能性がかなりあると思います」と言われ、抗精神病薬の処方が続いた。女性の状態は一カ月もしないうちに悪化して、姉や妹に暴力を振るったり、包丁や刃物で自分を傷つけようとしたり、幻覚や幻聴を訴えて毎日暴れるようになってしまった。大学病院にこれ以上通院しても良くなっていく見込みがないと判断した家族は、担当医の勧めに従い県内最大の入院施設を持つ公立の病院に入院させた。

しかしその大病院担当医は、当時の三カ月前まで、先の公立の大学病院で研修医だった。入院して二日目に家族が面会へ行くと、虚《うつ》ろな目をしてロボットのように歩く女性の姿。自分の洋服もロッカーにしまえない。家族は病院の担当医に面談を申し込んで事情を聞こうとするが、聞く耳は持たない。その後、新聞に出た精神薬の記事から私のクリニックにたどりついた。

現在多量の薬をすべてやめ、漢方のみを服用している。通信制の高校に通い大学を目指しているが、内気な感じはあるものの大きな問題は一切ない。

しかし、『精神疾患・発達障害に効く漢方薬』の中で児童精神科医が下した診断は統合失調症、また私は最初アスペルガー症候群と診断した。

今を踏まえた結果はどうか？　今、彼女には人並みの頑固さと対人の苦手さだけしかない。つまりそれは、精神医学にのっとってさえアスペルガー症候群ではないということであり、私の判断もまた過剰診断だったということだ。この子はただの内気な少女でしかなかった。

●——発達障害という撒き餌

一時期、精神科セカンドオピニオン活動においては、「誤診」という言葉が大流行りした。まるで自分たちが正しくて、相手（精神科医）がダメであるかのような印象を与える言葉なので流行ったのだと分析しているが、本来、どんな精神科医の診断にも正しいものなど一つとしてない。

アスペルガー症候群を規定する科学的根拠は何もなく、ただ行動や思考の傾向によって判断するのみである。こんないい加減な診断体系が他にあるだろうか？

こんな診断体系があるからこそ薬害や虐待や差別が起こる。逆に疾病利益も発生するのである。疾病利益の例としては、たとえば働きたくない人たちが自閉症の基準さえ満たしていないにもかかわらず、自らをアスペルガーだと名乗ったりするケースが多い。働きたくない理由として都合がいいからだ。

他にも自分の主張を認めてほしいがために、発達障害という立場を利用する人間も多い。自ら発達障害だと名乗りながら堂々と講演までする人間がいるが、自己優遇もはなはだしい。本来の定義にのっとれば、講演などできないくらい先天的に社会適応力がなく、強迫性も強いからこそ発達障害なのである。自閉症協会の人間が自分を自閉症だと名乗りながら講演しているなど、もはや笑い話にしかならない。

現在、多くの精神科医が以前より発達障害の中身を理解するようになってきた。そしてその中身が長期的に儲けをもたらすこと、自分たちの罪（＝精神医学のごまかし）をかき消す作用があること、親と共同で好きなように患者をコントロールできること、発達障害という概念そのものが、なんの病気でもない人を精神科医に引き込んでくる「最高の餌」になることを理解し始めたのである。

これは後述する初期統合失調症よりタチが悪い。多くの患者や家族が、私の子どもは発達障害でしょうかと精神科医の門をたたくようになってきている。その大きすぎる罪を、この概念を広めた者たちが認めることは決してないであろう。詐欺にかけた犯人が詐欺ではないと否認し続けるように……。

これらをすべて総合していえることは、発達障害と呼ばれる行動形態を考えるとき、この概念を広く適用することは、決してあってはならない愚行の極みだということである。この概念はもっと狭めねばならない。昔でいうカナー型自閉症や重症のものだけを自閉症と呼び、その他のものを発達障害の範疇に収めることは、まさに詐欺の温床となるのでやってはいけないのだ。そして、いわゆる本当の自閉症だけを福祉と教育にうまく組み込むこと、それ以外に医療や福祉としてできることはないのである。

❷いい加減でおかしい病名「うつ病」

●——脳のどこの疾患なのか？

「うつ病」——こんないい加減でおかしい病名はない。しかし、この言語を今やあらゆる日本人が使っている。これらはすべて製薬会社と大手メディアの洗脳がもたらしたものだ。

確かに、うつという状態は存在するだろう。ならば、なぜおかしいのか？

一つは気分が沈む、やる気がしないという状態をうつ病と呼ぶのなら、それはだれにでも訪れる精神状態であり、病気であるというにはあまりに感覚的すぎる出来事だからだ。また、不愉快で暴れることも好きな遊びもできるが、仕事ができないことは教科書的にはうつ病であるらしい（新型うつ病という）がこれも馬鹿げている。

もしうつ病というものが存在するとしても、それは気力体力ともに低下しきって何もできない状態であって、暴れたりイライラしたりリストカットしたりできる人間をうつ病などとは言わない。これは医師、患者ともに拡大解釈の極みなのである。

ひと昔前、「うつ病をわがままと呼ぶな」という意見が世の中を駆けめぐった。うつ病は脳の疾患であり、自分でどうにかできる代物ではないと高らかに謳われたが、では脳のどこの疾患なのか、何が原因なのか、聞かれてきちんと答えられるものは一人もいない。

うつ病にはセロトニンの不足が関係していると多くの医師が訴え、メディアに掲載されてきた。しかし前述したように、このことは脳科学的にはすでに否定されている。

たとえば、うつ病と呼ばれる一〇〇〇人を集めてきて、研究費をかけて脳のセロトニン濃度を計測し、全員が低いなどというデータはないのだ。それどころか医療現場でもセロトニン濃度が低いかどうか、計測することさえ難しい。にもかかわらず、精神医療の現場ではセロトニンを上昇させる薬が使われる。

いまだにどの教科書、どの論文を見てもセロトニン理論というのは仮説にすぎないのだ。

このことは、うつ病の理論そのものが非科学的であるという証明である。それればかりではなく、セロトニン濃度が低くないのにセロトニンを上げる薬を使ったらどうなるのか、そこには悲劇的な結果が待っているのである。

●——幼児期に精神治療薬を使うと…

たとえば、サンディエゴで開かれた北米神経科学学会（二〇一〇年一一月一三〜一七日）の総会で、幼年期に精神病の薬物治療を受けることが脳の正常な発達をどの程度妨げるかを、動物実験で研究した四件の発表があった。

「幼児期」あるいは「胎児期」に精神治療薬を使用した場合、それが比較的短期間でも、成熟して大人になったのちの脳の機能に障害が見られたという。

マウスの胎児脳に抗うつ薬のシタロプラム（商品名「セレクサ」）がどのように影響するかを発表したのはワシントン大学の研究者。胎児発育の過程では、

SSAという神経活動が重要な役割を果たすが、その活動がシタロプラムの胎児への投与によって変わってしまうことを発見し、研究者は、「抗うつ薬の投与は胎児の後脳の発達に有害な影響がある可能性を示唆する」と結論。

また、メリーランド州聖マリアカレッジの研究者による研究では、子どもの雄マウスを生後八日から一三日の間、乳を通して抗うつ薬フルオキセチンに被曝させる。その後は、大人になるまでその子マウスには何もせずにそのままにしておいた。成長後、このマウスは正常なマウスに比べ、はるかにぎこちなかったと研究者は報告。

さらに、メリーランド大学とレスブリッジ大学（カナダ）の研究者による二つの関連研究では、オランザピン（「ジプレキサ」）の幼いマウスへの投与を研究。その研究では、生後二八日目から三週の間、オランザピンをマウスに投与する。成長後、これらのマウスには「作業記憶に有意な障害があった」とする。研究者は、「これらのデータは、オランザピンの青年期の投与は、長期の行動欠陥パターンを引き起こすことを示唆する」と結論。

この研究は、こうした薬に曝露することが、それがたとえ短期間であっても、永続的な欠陥を引き起こす可能性があることを懸念させるものである。
そして、「人間でいえば胎児期、あるいは幼児期にあたる段階での精神薬への曝露は長期の行動機能障害をもたらすことを、ますます多くの動物実験が示すようになってきている」とする。
つまりマウスの実験では、精神薬を投与すればするほど脳には不都合が生じるわけである。もちろんこのことはマウスだけの話ではない。

●──「うつ」のほとんどは社会ストレスが原因

たとえば以下の例を挙げてみよう。このような論文は挙げればきりがないほど存在する。海外事例をみても、日本で販売中の「パキシル」「ルボックス」「デプロメール」などの被害は著しいものがある。

【プライマリ・ケアにおける不安障害と抑うつ障害の転帰】

うつ病患者一四八人を対象にイギリスで行なわれた研究では、服薬していない患者群は六カ月で症状が六二％軽減したのに対し、投薬治療群ではわずかに三三％であった。

【再発にかかわるうつ病治療】

オランダの研究。抗うつ薬による薬剤治療を受けずに回復した患者は、七六％でその後一度の再発もなかったのに対し、抗うつ薬の投与を受けた患者では五〇％だった。

【抗うつ薬による治療の公衆衛生への影響】

九五〇八人のうつ病患者を対象にカナダで行なわれた研究。うつ状態にあった期間が、投薬を受けた患者では年平均一九週間であったのに対し、薬剤を服用しない患者は一一週間であった。この研究結果から、「抗うつ薬による治療は、気分障害の長期経過を悪化させる可能性がある」とした仮説が裏付けられたと結論。

今、うつ病と呼ばれている多くの人が、ただのノイローゼであったり社会ストレスによったりするものでしかなく、また一部は（人でなしといわれようが医師失格といわれようが）わがまま病である。そのことがすべて混同されてうつ病診断になっているため、これだけ社会病と扱われて、かつ治らない数が圧倒的に多いのだ。

確かにうつ状態は存在するだろう。しかしそれは病気ではなく、時系列や理由を追えばわかるものが大半なのである。

であるならば、少なくとも薬を用いるようなものではないし、飲むと逆効果でさえある。もしノイローゼや社会的な抑うつ状態に対して抗うつ薬を安易に飲むと、以下のようになりかねない。

二〇一〇年七月と八月の報道に、犯人が抗うつ薬やうつ病の薬を服用していたと明示のあった殺人事件のニュースを集めたものがある。

• 七月一〇日「複数の抗うつ薬」……イギリス人男性、三人を射殺。一週間後、自殺。

- 七月一五日「レクサプロ」……テキサス州の男性、生後六カ月の幼児を殺害。
- 七月一六日「複数の抗うつ薬」……インディアナ州の〝産後うつ〟の母親、生後三カ月のわが子を殺害。
- 七月一六日「うつ病の薬」……テキサス州の女性市長、娘を殺害ののち自殺。
- 七月一九日「セレクサ」……親友を殺害したオクラホマ州の男性、死刑の求刑に対し、専門家は薬物の影響によるものと主張。
- 七月二三日「うつ病の薬」……カナダ人女性、近所に住む一二歳の自閉症の子どもを殺害。
- 七月二三日「うつ病の薬」……ミシガン州の女性、障害を持つ一三歳のわが子を殺害、そして自殺。
- 七月二四日「うつ病の薬」……イギリスの殺人事件容疑者、うつ病薬を服用。

- 七月二六日「うつ病の薬」……マレーシアで息子が母親を殺害。
- 七月二七日「うつ病の薬」……ペンシルバニア州の女性、四〇歳の娘を殺害、後に自殺を図るも未遂。
- 八月六日「プロザック」……ネブラスカ州の母親、一二歳の娘を殺害。
- 八月一〇日「抗うつ薬」……三週間前に抗うつ薬を中止したばかりのメリーランド州の母親、自閉症の娘を殺害。
- 八月一〇日「プロザック」……イギリス人女性、三歳になるわが子を殺害。
- 八月一一日「ウエルブトリン」……ネバダ州の男性、ガールフレンドを刺殺。
- 八月一一日「抗うつ薬」……ニュージーランドの女性、浴槽で生後一三カ月のわが子を溺死《できし》させる。
- 八月一一日「複数の抗うつ薬」……ミシガン州の男性、抗うつ薬の服用を開始して間もなく男性を殺害、その後自殺。
- 八月一二日「抗うつ薬」……南アフリカの刑務所看守、妻を殺害。抗うつ薬の不規則な服用によって引き起こされた可能性も。

- 八月一八日「抗うつ薬」……ミネソタ州の男性、妻の留守中に生後六カ月のわが子を溺死させる。
- 八月一九日「抗うつ薬」……ウィスコンシン州のイラクの帰還兵、妻と子どもを殺害、その後自殺。
- 八月二五日「抗うつ薬」……暴力には縁のなかった男性、アルコールと抗うつ薬の同時摂取による異常行動で殺人。
- 八月二六日「抗うつ薬」……ペンシルバニア州の三二歳の女性、母親を刺殺。
- 八月三一日「ゾロフト」……フロリダ州の男性、殺人。

これは外国の事例であるが、日本でも新聞の社会面をめくれば同様の事件が頻出している。もっとも日本の場合は、それが薬物の作用によるものとはほとんど明示されないが。

なぜこのようになってしまうのか？

ひと言でいえば、抗うつ薬を売るための販売戦略にだまされているということである。もともとなにもできないとか自殺というイメージがつきまとううつ病であるから、その薬の副作用で患者がどうなろうが、製薬会社はいっこうに困らない。全部患者や精神科医のせいにできる。

また、うつ状態を示す精神科以外の疾患は多いが、現代で扱われている「うつ病」の多くでそのことが見逃されている。例を挙げれば次のようなものがある。

①脳出血や脳梗塞などの器質的脳機能低下からくるもの
②パーキンソン病、多発性硬化症などの神経疾患によるもの
③内分泌系の異常があるもの（甲状腺、副腎、副甲状腺など）
④膠原《こうげん》病などが隠れているもの
⑤歯科治療後の後遺症や金属中毒など
⑥更年期障害や性ホルモンに関係しているもの
⑦血糖調節障害や低血圧由来のもの
⑧ミネラルやたんぱく、脂質不足からくる栄養障害

⑨季節性のもの（科学的には不明だが因果関係ははっきりしているもの）
⑩知的障害や自閉症に（環境変化についていけず）続発するもの
⑪アルコールによるもの
⑫その他の物質（違法ドラッグ、鎮痛剤、カフェイン、ニコチン）によるもの

●――実は最も多い「医療薬物性うつ病」

もう一つ大事な存在がある。それが「医療薬物性うつ」である。医療用精神薬は決して安全な薬などではなく、覚醒剤や麻薬や麻酔薬もどきの物質でしかないので、量が多かったり長年にわたって飲み続けたりすれば、必ずうつ状態や認知機能低下をもたらす。

割合としてはこれが最も多いのだが、日本人の大部分は気づいてさえいない。一般の人はうつが何年も続くのは病気のせいだと思っているが、その場合、ほとんどすべてが薬物性であり、あとはわがまま病である。わがまま以外のほぼすべては、無投薬であれば一年以内に回復する。

一つの研究を紹介しよう。

抗うつ薬のＳＳＲＩが長期にわたってどのようにセロトニン作動系に影響するのか調べた、オランダ人治験総括医らによる研究である。研究では、シタロプラムをラットに二週間与えたのち（対照群も置く）、突然投与を中止する群、さらに引き続き三日間投与する群に分ける。その後ラットを解剖し、脳組織を分析。

その結果、薬剤投与を維持したラットでは、一七日後のセロトニン量が普通のラットと比較して「脳の九領域で平均六〇％減少」していた。この変化は薬への代償性反応として起こると推測されている。見せかけとしてセロトニンが増えたとしても、結果的には、脳組織におけるセロトニン量が最後は著しく使い果たされた状態になる。

セロトニン作動系がこの劇的な変動を受けていた退薬期間中、ラットは大きな音に対して「強い行動反応性」を示した。人がＳＳＲＩを断薬した場合、「攻撃性、易刺激性、扇動、不安、および抑うつ気分」を特徴とする「断薬症候群」を経験するのと同じである。

こうした結果は注目に値するものではあるが、驚くにはあたらない。脳内セロトニンがSSRIによる「長期」の処方に反応して激減するという研究結果は、今までの研究とも一致している。また、SSRIの離脱に関連して起こる問題も、すでに広く知られている。

これまでの内容をみれば、うつ状態の原因や除外診断も追究せず、どんな精神的問題もすべてうつとして扱い、病気であるため薬を飲むべきであると推奨する風潮がいかに詐欺であり、犯罪的であるかわかるであろう。抗うつ薬を飲むということは覚醒剤を飲むことと大差はなく、脳は不可逆的な障害や依存、禁断症状のリスクを負う。それでうつが本質的に改善すると思う人はいるだろうか？

精神薬を飲んだところでうつは改善したりしないのである。改善しないだけならまだしも、禁断症状と脳の損傷を生み出し、長期的にはより悪化するのだ。百歩譲っても薬は本当に衰弱死寸前のうつに限り、一時的に使われるべきものなのである。

③大々的キャンペーンの成果「躁うつ病」

●――うつでないから躁うつ病？

二〇一一年現在、双極性障害（躁うつ病）や気分変調症という診断が、爆発的に増えてきた。これには二〇一一年に入って精神医療界が大々的キャンペーンを張ったということが深く関係しているが、なぜキャンペーンを張ったのかということを考察しなければいけない。

たとえば日本イーライリリー社は一時期、新聞の折込みチラシとして躁うつ病の治験広告を出した。主力製品である統合失調症治療薬オランザピン（商品名「ジプレキサ」）の追加効能として、躁うつ病への適用を認めさせるための治験を行なうからである。

つまり、近年に入って躁うつ病のキャンペーンが行なわれるようになった一つの理由は、今まで統合失調症のみの適応処方であった薬たちを、より売りたいがための戦略ということになる。実際「ジプレキサ」だけでなく、大塚製薬のアリピプラゾール（商品名「エビリファイ」）も、二〇一二年に躁うつ病治療薬の認可を受けることが決定している。

もう一つは、うつ病が治せないことや抗うつ薬の副作用をごまかすための戦略として、躁うつ病のキャンペーンを張っているということである。

二〇一二年の「ＮＨＫスペシャル」においても番組で明言されている。「うつ病患者の四割程度は、うつ病でなく躁うつ病だった」「抗うつ薬を飲んで治らないうつ病は躁うつ病である」と放送したのである。

ちなみに、アメリカだとその割合は四割ではなく七割だと述べられている。少し考えればおかしいと思われないか。これは精神科医が四割（七割）も誤診したということにもなるし、それ以前にうつでないから躁うつ病と決められるものでも、薬が効かないから別の病気と決められるものでもないはずである。もともと薬害や医原病しかない領域が精神医学領域なのだから。つまりここでもあらゆる意味において、精神医学の詐欺っぷりが示されているのだ。

●――本物の躁うつ病とはどんなものか？

一般の方は躁うつ病という病気を、気分が上がったり落ちたりする状態だと考えているだろう。実際はまったく違う。それは生理的な気分変動であって普通の範囲にすぎない。その程度の気分の波がない人間のほうが普通ではないのである。

しかし現在の専門書やネット上の知識を参考にすれば、「気分が上がったり落ちたりする」程度で躁うつ病という判断に落ち着いてしまう。

では、本当の躁うつ病とはどんな状態か？

本来の躁うつ病の条件を私見として述べるとすれば、

①薬を飲んでいないまっさらな状態で

②躁のときには暴れたり、誇大妄想があったり、裸で踊ったり

③まず周りが対処しきれるレベルではないエピソードがあり

④かと思えば気分が落ちてくると動けず、食えず、外に出ず
⑤そんな状態だからもちろんイライラもしないし、自殺さえ考えられない
⑥ということを自然に複数回繰り返す

から躁うつ病である。昔は精神分裂病と並んで二大精神病であった存在が、気分の波ごときで定義されるようなシロモノのはずはない。

この躁うつ病という状態は確かに存在するとは思う。科学的にはまだ未定（やはり未解明）だが、一部は脳内や脳以外のホルモン動態で説明がつくのだろう。

しかしこの条件を満たす躁うつ病の人が、今、躁うつ病だと診断されている人の何割いるか、といわれれば非常に少ないと断言できる。

ここはデータなどないので個人的意見で恐縮だが、前述の基準を満たす躁うつ病は全体の五％にも満たないだろうというのが私の実感である。つまり九五％以上は躁うつ病ではなく、薬を飲む意味がない人たちであり、詐欺に引っ掛かっていることになる。

似たような概念に気分変調症があるが、気分変調症を躁うつ病と比べれば、

躁状態はなく普通に近い状態とうつっぽくネガティブな感じが交互に来る。これもまた生理的に当然ある状態だが、この気分変調症も気分障害に含まれたり、躁うつ病のように扱われたりするようになってきている。精神医療界や心理療法界にしてみると、まさに病気の売り込みや薬の販売作戦が大成功を収めているという感じだろう。

これだとロボットのように気分を完璧にコントロールできない限り、すべての人を気分障害だと定義できる。これについては後述の「気分変調症」の項も参考にされたい。

●――躁うつ病診断の本当の理由

躁うつ病を宣伝する目的は、もちろん新しい躁うつ病薬の売り込みであるし、今まであった「リーマス」や「デパケン」などの躁うつ病薬の売り込みでもあるし、これから認可が通るだろう抗精神病薬（メジャートランキライザー）の躁うつ病に対する適用拡大でもあるだろう。

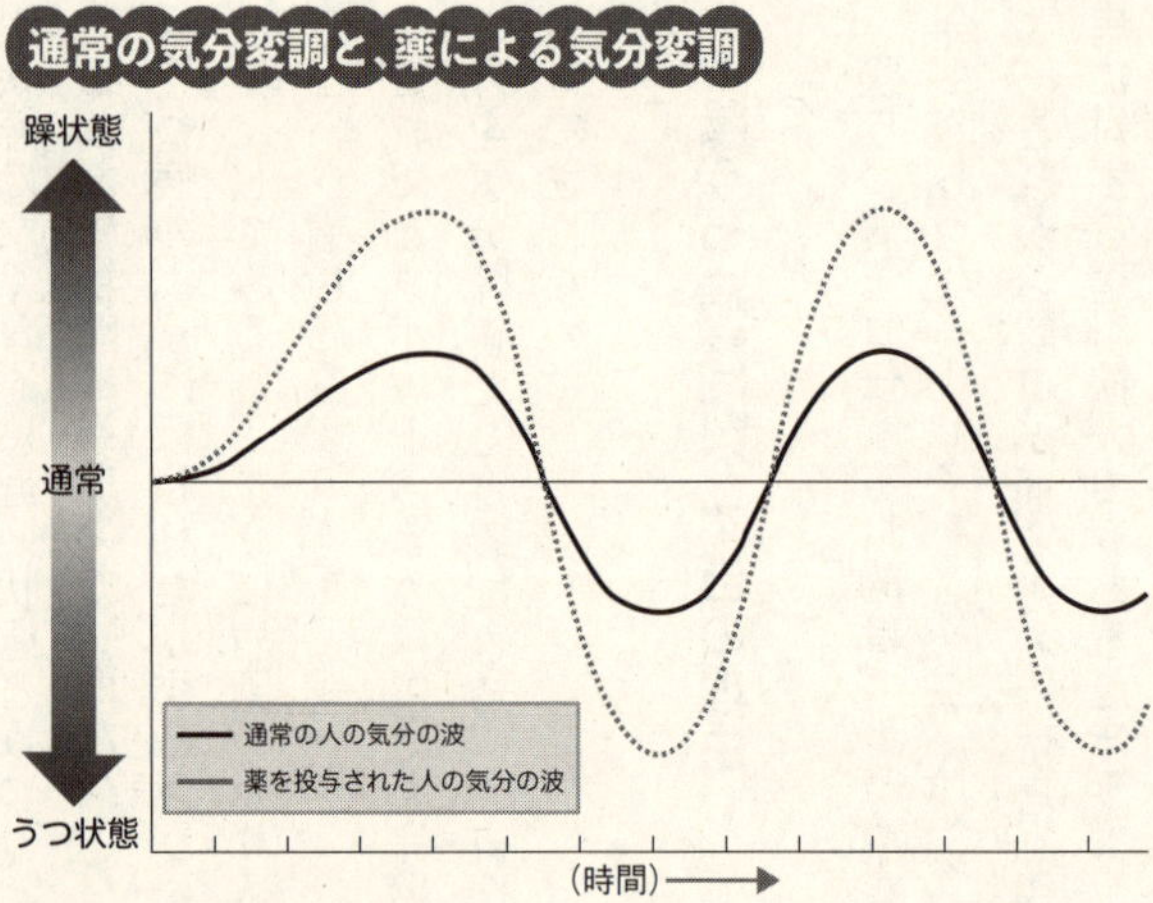

しかし一番の目的は抗うつ薬の副作用を隠すこと、ごまかすことである。これを別の視点で考えてみることとしよう。

教科書的には躁うつ病に抗うつ薬を投与することは禁忌である。うつより躁が怖い病気なのに無理やりハイにしたら、躁転してトンデモないことになるのがオチだ。またすぐに躁転しなくてもラピッドサイクラーといって、躁とうつがどんどん切り替わる現象が起こりやすくなるので危険なのだ。

ここだけでも、躁うつ病と診断しながら抗うつ薬をどっさり出している精神科医にとっては、治癒させないことで長期的利益を得るという詐欺に成功しているのだが、真の問題はそちらではない。

別に躁うつ病ではなかった、もっといえばなんでもなかった人に、抗うつ薬を投与することで強制的に躁転してしまった後、知識のなさから精神科医に「あなたはうつではなく躁うつ病だったようです」と言われて、納得して引き続き詐欺に引っ掛かっているケースが大半なのである。

躁うつ病という、より重い病名のイメージを植え付け、長期的な優良顧客を獲得するのが狙いである。

結局、うつ病から躁うつ病へのシフトは、このような精神科医のやり口や薬の副作用をごまかすため、そして新たな詐欺に引っ掛けるためにこそ強調されてきたのかと感じる。

すでに大半の人がそのやり方にだまされているといえよう。

④万人に当てはまる「強迫性障害」

●――強迫観念と強迫行為

強迫性障害は一般人にはなじみが薄いので、強迫性障害に対するアメリカの精神診断基準（DSM）を示してみよう。

強迫観念とは、

①反復的、持続的な思考、衝動、または心像であり、それは障害の期間の一時期には、侵入的で不適切なものとして体験されており、強い不安や苦痛を引き起こすことがある。

②その思考、衝動、または心像は、単に現実生活の問題についての過剰な心配ではない。

③その人は、この思考、衝動、または心像を無視したり抑制したり、または何か他の思考または行為によって中和しようと試みる。

④その人は、その強迫的な思考、衝動、または心像が（①の場合のように外部から強制されたものではなく）自分自身の心の産物であると認識している。

強迫行為とは、

①反復行動（例…手を洗う、順番に並べる、確認する）または心の中の行為（例…祈る、数を数える、声を出さずに言葉を繰り返す）であり、その人は強迫観念に反応して、または厳密に適用しなくてはならない規則に従って、それを行なうよう駆り立てられていると感じている。

②その行動や心の中の行為は、苦痛を予防したり、緩和したり、または何か恐ろしい出来事や状況を避けることを目的としている。しかし、この行動や心の中の行為は、それによって中和したり予防したりしようとしていることとは現実的関連を持っていないし、または明らかに過剰である。

これをもう少し砕いて言うと、次のようになる。

「何で繰り返し～が頭に浮かぶのか」「心配しすぎだが頭から離れない」「無意味だがやめられない」「ばかばかしいことを悩んでいるがやめられない」などの考えが出て、しかもその不合理さを認識している状態が強迫観念である。

それらが実際に手洗い、順番確認、鍵確認、儀式など（他のどんな内容でも）、嫌でも実際にやらざるをえない状態になっているのが強迫行為である。

●――人ならだれでも強迫性障害？

確かに、この強迫観念がつきまとって苦しいという状況はあるかと思う。

しかしよく考えれば、頭の中に何らかの考えがめぐって悩んだり苦しかったりするのは、人間としては必然なのではないか？　百歩譲って考えても、それを助けるのは医学の役割ではなく他の学問や分野の役割である。

強迫性障害の特に強迫観念は、頑固、信念、執着、妄執《もうしゅう》など、似たような意味の言葉に置き換えることが可能だ。それはつまり強迫性障害とは病気ではなく、普遍的な存在であることを示唆するものだ。逆にいえば、この定義で厳密に考えれば、やはりすべての人間が何らかの強迫性障害になってしまう。

人間が知恵や知能を持っている以上、こだわりや強迫観念を持つのは必然でしかなく、そのこだわりが変わるときとは、大きすぎる外的変化が起きたときか、こだわりを持つ人が負けたときくらいしかないはずだからだ。

しかし、現実の精神医学ではそのようには扱われない。強迫性障害は脳の病気であり（相変わらず科学的データは一切ない）、そのため投薬を受けねばならないと教科書に記されている。

心理学の教科書には認知療法といって、思想や発想を「認知転換」つまりスイッチせねばならないと書いてある。

しかし、いったいどれだけの場合にそのような治療が必要だというのか？

われわれは社会観念を押し付けられた結果、認知転換して自分のこだわりを放棄せねばならないよう、すでに洗脳されているのではないか？

●──抗精神病薬の問題

もう一つ問題があって、それは抗精神病薬についてである。これも科学的にはいまだ未解明だが、抗精神病薬の副作用の一つに強迫観念や強迫行為の増加がある。これは教科書にも添付文書にもほとんど載っていないが、多くの精神科医が指摘するところである。

そして薬物の副作用であるにもかかわらず、強迫性障害と診断されるケースが跡を絶たない。薬を飲むから必ず副作用が出るわけではないが、時系列によってきちんと評価しなければ、あなたもすぐわけのわからない病名をつけられてしまうのが、精神医療という詐欺世界の真髄だ。

また、強迫性障害には抗うつ薬の大量投与が基本的治療であると、教科書には記されている。

しかしこの大量薬物療法によって、強迫性障害の状態が良くなった人を私はほとんど知らない。良くなったという医師がいたとしても、その評価は非常に主観的で、抗うつ薬を大量に投与したことによりハイになったり、ラリって強迫観念が一時的にすっ飛んでしまったりしている状態をいっているだけである。そのうえ大量に抗うつ薬を投与するわけだから、当然さまざまな副作用や依存形成をもたらすが、精神科医はそのことを無視している。

その結果、また新たに精神科医にとっておいしいお客様が一人できあがるわけであり、これも詐欺といえば詐欺的なやり方だ。

強迫観念など放っておけばいいのである。ここでも私の「人でなし意見」が出るわけだが、観念による苦しみや悩みは人間にとって必然であり、精神医学的に治療などしてはいけないものなのである。

もし治るとしたら、それは社会や家族のごたごたを通して軟着陸していくものでしかない。現代の社会的常識に惑わされているものも多数存在するし、こんなものを病気扱いするから薬害が増え、詐欺に引っ掛かる人が増えるのである。

●──「手洗いを頻繁にする青年」のケース

ここでもあるケースを紹介しよう。強迫性障害と診断する愚かさと、強迫性障害に対する治療の恐ろしさがよくみえてくる。

ある青年はお風呂に時間がかかる、手洗いを頻繁にしてしまうということで精神科を受診した。通常どおりの診療のうえ、強迫性障害だと診断を受け投薬を開始することとなった。

薬の内容は以下のとおり。

- 「パキシル」六〇mg、「ドグマチール」一〇〇mg、「メイラックス」二mg

この「パキシル」という薬は、これまでにも多数出てきた悪名高いＳＳＲＩである。「パキシル」に限らず、「ルボックス」などにおいても、多量処方により強迫性障害を改善させるというのが、精神科の一般的な薬物治療だ。その後、このケースはどうなったか？

- 家族に対して攻撃的、暴力的な性格に変貌した。
- 自傷行為を行なうようになり、自殺願望が強くなった。
- 幻覚が出現した。
- 発狂したり叫んだりするようになった。

これらはすべて受診前には何一つ存在しない症状ばかりである。

その後、この青年はいろいろと情報をたどり、当院で減薬への道についた。二〇一二年の段階で「パキシル」は一〇mg、「メイラックス」は二mgに減量中であり、「ドグマチール」は中止することができた。これらの副作用や禁断症状と呼ぶべき現象はほぼ消失している。

ここで特筆すべきことは、お風呂に長く入りすぎてしまうという強迫観念が、現在ほとんど消失しているということである。これは決して薬が効いたという類のものではない。薬を飲むことによってもたらされた予期せぬ強い苦痛により、本人の中でこのままではいけないという認知転換がはかられたのである。

前述した大きな外的変化が起こったわけである。

このようなケースは枚挙にいとまがない。それでもあなたは強迫性障害とやらを治療し、薬物を飲もうとするだろうか?

❺顧客マーケットを掘り起こす「不安障害・社会不安障害」

●――緊張する人は社会不安障害!?

この二つもうつ病と同じくらいいい加減な病名である。その名のとおり、何かについての不安を持っているだけで「不安障害」となってしまう。それが社会的なことであれば、「社会不安障害」である。

会社でプレゼンするとき、緊張してしまうのは社会不安障害だとされている。

これまでの論理同様、本来これらの反応というのはむしろ人間として自然な反応である。この世に生きていれば何かに不安を感じるのが人間というものである。予想不能な出来事が起きればパニックを起こすであろうし、メンタルが弱ければ大舞台で緊張して声も出せないのは必然でしかない。

緊張すると汗をかく、発表時に声が震える。こんな程度の当たり前の出来事が、今の時代は精神疾患として認可されている。その人のいったいどこがおかしいというのか?

どんな場面でも緊張せず、完璧な行動がとれない限り精神疾患だといっているのに等しい。本来プレゼンが苦手な人にはさせなければいいし、それでも克服したいと自ら願う人は、経験を積むことで解消できる出来事であるはずだ。それは根性とか気合いでも別にかまわない。

これらが病気として扱われるようになったのには、二つの大きな理由がある。

一つは私のように正直に、不安障害などなくただ人間的に弱いだけだと言ってしまうと、ドクターハラスメントであるとか、人権侵害のようにとらえる風潮ができあがったことだ(ここも私が自分を「人でなし」と呼ぶ一つの理由である)。目の前の出来事を病気としてとらえるのではなく、自ら乗り越えようと努力しているものたちは評価されず、ちょっとした不安に対して逃げて近づこうとしない人たちのほうが「病気」とされて、大切に扱われることになってしまったわけである。

私はこの流れがまっとうなものとはとても思えない。少なくとも古来、人々はそのような不安があるのは当然と認識し、越えるも越えないもその人次第として判断してきたからである。

●──「病気」を作れば儲かります

もう一つは、この生理的な反応を病気と定義しさえすれば、精神医療界や心理学界が莫大な利益を手に入れることができるからである。

なにせほぼすべての人に存在する反応だから、これをいったん世間的な常識に仕立て上げることができれば、後はやりたい放題である。

彼らは「病気だから心配いらない」と優しい顔をして近づき、その裏では治ることのない長期的な優良顧客をゲットできたと喜んでいる。他の重篤な精神病と違って話も通じるから、医師としては楽なことこのうえない。

この結果、日本の抗不安薬売上げはダントツ世界一位であり、二位以下を大きく引き離している。

あるエピソードを紹介しよう。日本でも権威ある医学雑誌として知られる「二ユーイングランド・ジャーナル・オブ・メディシン」の上級エディターを務めたマーシャ・エンジェル医師の「製薬企業と医師の腐敗構造」と題された記事に登場する、「パキシル」の製品マネジャー、バリー・ブランドはこう語る。

「まだだれも気づいていない顧客マーケットを掘り起こして拡大させることは、マーケティングをやる人間の夢だ。社会不安障害を使ってわれわれがやっているのがそれだ」

つまり、アメリカ精神医学界と製薬会社が総出で、病気でないものを病気にしようと躍起になっている、と告白しているわけだ。

他にも権威ある精神科教授であるローレン・モシャーや、精神科医ステファン・クルシェフスキーは次のように述べている。

「DSM第四版は、精神医学が、概して医学によって認められるように模造して作ったものです。内部の者は、それが科学的というよりも政治的な書物であると知っています。（略）ＤＳＭ第四版は、そうした最大の欠陥にもかかわらず、権威ある書物となり、カネを生み出すベストセラーになりました」

「私たちは、あなたに継続的に薬物を与えることができるように、気分や考えの正常な変動に対していくらでも診断上のレッテルを作り出すことができる。（略）疾患を作り出すことに関しては、精神医学に並ぶものはない」

●──依存症患者の作り方

このような不安障害と呼ばれる反応に対して、一般的には抗不安薬や抗うつ薬の投与が行なわれている。しかしこれは依存症患者をせっせと作っているに等しい。

抗不安薬は総じてベンゾジアゼピン系と呼ばれ、昔から依存性が強いと指摘されてきた。ベンゾジアゼピンの依存度は三七ページを参照していただきたい。

常用量であるから依存しないわけではない。常用量でも一定の割合で必ず依存するのである。それが証拠に国際連合の国際麻薬統制委員会ではれっきとした麻薬として認められている。

またその後に出てきた抗うつ薬は、依存をきたさない夢の薬としてコマーシャルされたが、ふたを開けてみれば非常に依存性が強いことがわかってきた。つまり単なる生理的反応に依存性が強い薬を投与して、依存状態にさせることが常態化しているといえる。

「不安に対して薬を飲む」という行為の意味そのものも考えねばならない。これはその不安を乗り越えようとするのではなく、薬によってかき消そうとする行為である。言い方を変えれば、成長や克服を先送りしているといってもいい。

その結果、薬を飲んでいる限り永久に対処力は身につかないので、一生薬を飲み続けるしかなくなる。

そういう薬を、ただでさえ不安が強い患者に安易に飲ませるとどうなるか。依存に気づこうが気づくまいが、やめることに対してさらに不安になっていくのは必然であろう。こうして精神科医にとっての優良顧客＝固定資産がまた一人また一人と生産されていく。いったいこれを詐欺と呼ばずして何を詐欺と呼ぶのだろうか？

●──三〇年前の警告

最後に、「インディペンデント」(二〇一〇年一一月七日付)に掲載され、イギリスで話題となったエピソードを紹介しよう。

題して「ベンゾジアゼピン──三〇年前に脳障害との関連性が疑われていた」。のちに何百万人もの人々に処方されることになる安定剤には、脳障害を引き起こす場合があることが、三〇年前に政府の専門家に警告されていたことを示す秘密書類についてである。

アルコールの長期依存による影響と類似する脳の萎縮がみられる場合があるとした精神科医による研究報告を受け、一九八二年、医学研究審議会(MRC)はベンゾジアゼピン類の長期的影響についての大規模研究に同意する。

ところが実際にはそのような薬の影響を調べる研究が行なわれることはなく、不安症、ストレス、不眠、および筋肉のけいれんなどの薬として医師の処方は続けられた。

イギリスの国会議員や法律の専門家は、この文書を一つのスキャンダルであるとし、膨大な額に上る集団訴訟へと発展する可能性を予測する。イギリスには「知らぬ間に薬物依存」にされてしまった人が、現在およそ一五〇〇万人いるとされ、多くは脳障害によると思われる症状がある。

「精神安定剤による不本意依存」を調査するジム・ドッビン委員長は、「薬をやめたあとも多くの人が身体的、認知的、そして精神的な問題を抱えた被害者になっている」と言う。

「これこそが、被害者が法的手段に訴えるために待ちわびていた爆弾書類になるものであると確信している。なぜ適正な追跡調査をまったく行なわなかったのか、なぜ安全委員会が設置されなかったのか、なんらの詳細な研究もなにもない。これは一大スキャンダルですよ」

最初はまったく無害な薬として宣伝され、一九六〇年代における世界初のワンダー・ドラッグ（奇跡の特効薬）として登場したベンゾジアゼピンは一〇年も経たないうちに、イギリスで最も一般的に使われる薬となった。現在の医師向けガイドラインでは、最長四週間の処方とされる。

しかし、数日の服用でも依存症になることがあり、服用をやめると灼熱感や視野のゆがみ、頭痛や致命的な発作といった禁断症状を起こす場合がある。数カ月、あるいは数年間の服用の場合は、永続的な神経的痛み、頭痛、認識機能障害、および記憶喪失もある。

しかし三〇年たった今も、それが薬物性の脳障害かどうかを確認する医学的研究は行なわれていない。研究者のレーダー教授はこう述べた。

「長期の飲酒が永続的な脳の変化を引き起こすことがあるのはわかっていましたから、結果に驚くことはなかったですよ」

これでもまだ、あなたは不安を病気だと思うだろうか？　そして不安ごときのためにこれほど危険な薬を飲むだろうか？

❻親の詐欺的行為？「心的外傷後ストレス症候群（ＰＴＳＤ）」

●──トラウマは人生の原動力なのに…

ＰＴＳＤという病名もある。確かにその状態は存在するかもしれない。しかしそうすると、やはりほぼすべての人間がＰＴＳＤになる。

トラウマを抱えていない人間など、私は一人もみたことがない。戦争体験、被災、犯罪被害、いじめ経験、パワハラ、ＤＶ（家庭内暴力）、虐待その他もろもろ、日本にそれらを何一つ体験せず、ぬくぬくと生きてきた人がいったいどれくらいいるのか。

私には一人もいるとは思えないし、であれば日本人はみなＰＴＳＤと診断され、治療対象となる。フラッシュバックの一つや二つ、私だって持っているくらいだ。

人間はみな、何かしらのPTSDかもしれないが、大半の人々は精神科医になど通わなくても、自ら治癒してきた。一人で治癒できる人は少ないはずで、治癒できる人は家族や友人の支えがあって、それが何よりの癒しや心理治療となって改善したのである。

とすればPTSDが顕在化する患者とは、何かしら家族や友人関係に問題があるか、家族を亡くしている人に多いということがわかってくる。

実際、重いPTSD患者の場合、虐待など何らかの家族問題があるか、いじめなど強い排他的ストレスを経験して、かつ友人などいないものばかりである。

PTSDにおいても存在自体は普遍的であるということを忘れてはいけない。そしてそれを治すことができるのは、クサイようだが人間の愛情や友情だけである。もっといえば、そのトラウマを治すべきなのかどうかをよく考えねばならない。

古来、ほとんどの人はトラウマを抱えながら、そのトラウマをばねにして人生の原動力としてきた。長期的、継続的に何かを成し遂げてきたものは、みな何か自分にとって嫌な思い出をばねにして動いているものである。

残念ながら精神科医は癒しの技術など教わらない。そんなものは教わって身につくものではないし、そもそも教えられてもいない。

教えられているのはただひたすら「頭がおかしい」(と彼らが思っている)人を、薬で鎮静するというその一点だけである。

しかし、決して薬ではPTSDなど治りはしないのだ。治っていると錯覚するのは、考えそのものを消し去るように薬を投与されているからで、そのために大量の薬を必要とするわけである。

記憶の問題自体は先送りしているので、一生薬を飲み続けない限りフラッシュバックは再発しかねないというリスクを負う。つまりは、ここでも一生薬を飲むべき顧客が誕生することになる。トラウマやフラッシュバックやPTSD幻聴を消す代わりに、多くのものを失ってもいることに一般人は気づいていない。

こんな治療を勧める精神医療界など、PTSDにおいても詐欺的としか私には感じられないのだ。

もちろん、私はすべての患者に対して愛を向けるほど人間ができているわけではないし、そんな治療を行なう気など毛頭ない。それは家族であり伴侶であり親友の仕事である。私も家族や親友のためなら薬を使わず、相談にのってできるだけのことをするだろう。

医師としてできることはその必要性を告げることであって、場合によってはよい心理カウンセラーを紹介することくらいである。少なくとも投薬することではない。

●——精神科医と親による「共同虐待」

ＰＴＳＤを考えるうえで避けては通れない議題、それが虐待だ。

精神医療界では医療者のほとんどに、患者が虐待を受けていたという認識が欠けている。親が子どもを支配し虐待を繰り返している例は枚挙にいとまがない。

虐待といってもわかりやすい虐待ばかりではない。支配、過剰なまでの干渉、ネグレクト、薬によるコントロール、これらのすべては虐待というより「隠れ虐待」と呼ぶべきものである。すべてを虐待という言葉ですますには無理があることも確かだが、患者の他罰的傾向と、親の虐待的行為とが複雑に絡み合っている、と考えるのが妥当であろう。

私は子どもが不都合な状態に陥ったとき、精神科に連れていって薬を飲ませることを「精神科医と親による共同虐待」と呼んでいる。この条件から外れる治療行為とは、子ども本人が治療を必要として受診した場合のみである。

子どもはすべて発達の過程にあり、その過程の中で精神的に不安定となったり、おかしな行動をとったりすることは当然ながらだれにでもあるのである。

にもかかわらず、その「おかしさ」に耐えられない親は、自分たちで考え、親として行動しようとするのではなく、精神科の門をたたいて、自分の子どもがおかしいのかどうかを判断してもらおうとする。

たとえ子どもが暴力を振るおうと、不安でパニックになろうと、変な妄想を持とうと、それは子どもながらの必然性があるのである。精神科に連れて行こうという行為は、他人や薬によって矯正してもらおうとすることに他ならず、親の責任放棄に他ならない。

たとえば子どもが虐待に曝されてきた場合、子どもの親に対する憎しみは深いがゆえに、常軌を逸する妄想が生じるが、親は自分が虐待してきたことに気づかなかったり、ひたすら隠そうとしたりする傾向がある。

精神病と診断されるのも投薬されるのも本来は親であるべきはずなのに、親はそれだけは避けるべく（バレないように）子どもに対して優位的な行動をとるわけである。その結果が受診であり、先に子どもを精神病に仕立て上げるということであるともいえよう。

つまり、これは親が詐欺行為を働いているに等しいのだが、ＰＴＳＤという診断の裏にそのような事情があることを知る者は少ない。

●――ＰＴＳＤで精神科に行くと…

ここでもう一つ、親のＤＶと薬物中毒に仕立てられた方の体験談を紹介しよう。ＰＴＳＤで精神科に行くとこうなるという典型例である。

私はIT系の一部上場企業で働いていました。徹夜続きの仕事と父親によるDVという家庭トラブルを抱えており、私自身いつもイライラを抱えていました。そこでなんとかしたいと思い、ネットで調べるとアダルトチルドレンではないのかと思いました。海外のDV加害者をカウンセリングで治療しているという記事を発見しました。

そこでカウンセリングを受けにメンタルクリニックに通い始めました。カウンセリングも受けましたが、初診時に医師から「心を安定させる薬を出しておきますね」と言われました。そのとき、副作用の説明も一切なく、病気とも言われなかったため、医師の指示どおりに治療を受けながら仕事をしていました。

そして気づくと薬の量が増えていき、仕事もできない状態になり、最後は自殺企図まで現れました。そして、仕事ができなくなり生活保護受給者になりました。今までの病院で悪化してしまったので、自主的に病院を転院しました。

＊

【この病院で処方された薬】

メイラックス、ミグシス、ロミアン、トリプタノール、ノクスタール、ベタマック、マイスリー、ネルロレン、ランドセン、エチカーム、アンデプレ、ジェイゾロフト、フルニトラゼパム、セレニカ、エビリファイ、トレドミン、リフレックス、ルボックス、サインバルタカプセル

次のCクリニックで、医師にうつ病ですね、と言われました。初診時に生活のリズムを整えるために、デイケアを利用してくださいと言われました。そこでは、麻雀、絵画教室、将棋、囲碁などいろいろな講座がありました。各週の週末は寿司、うな重と至れり尽せりでした。最初は、心のリハビリで講座があると思いました。

しかし、一カ月も通院し知り合いができ、話を聞くと、二〇年間この生活を続けているというのです。それは患者を飽きさせないための、ただの娯楽施設に思えてきました。

このままここにいては彼らのようになってしまう、染まりたくないと思い始

めました。そんなとき、患者が倒れました。しかし、スタッフはだれも救急車を呼びませんでした。失神し倒れた状況を、心の問題だからこちらで対応します、と言うのです。明らかに失神し何度も倒れたのを目撃しました。抜け出せないと恐怖を覚え、医師に「そろそろ働いてもいいですか？」と聞くと、まだ早いと言われました。「どうしてですか？」と尋ねると、医師は「私の勘です」と言い、今まで勘で診察していたのかとビックリしました。そこで自主的にまた次の病院へ転院しました。

【この病院で処方された薬】
ジェイゾロフト、ソラナックス、デパス、レスタス、トレドミン、レキソタン、ドグマチール、ミオナール、クラリス、ダーゼン、ムコダイン、メイアクト、ロキソニン、メジコン

いい医者に診てもらいたく、今までの精神医療の疑問もぶつけ、それでも受け入れてくれる医師を探しました。Ｄクリニックが見つかり、初診で「あなた

はＡＤＨＤです。発達障害なので一生治りません」と言われました。発達障害という診断に疑問は持ちましたが、ネットで調べると、もしかするとＡＤＨＤなのかなと思い始めました。

しかし、ここでも同じように患者で回復した方はおらず、デイケアは娯楽化しており、私自身の薬も徐々に増えていき、最後には頭痛、吐き気、目眩《めまい》、発汗、自殺企図といつ自殺してもおかしくない状況になりました。

【この病院で処方された薬】

ベタナミン、リリカカプセル、パキシル、ハルシオン、サインバルタカプセル、デパケン、ロキソニン、ランドセン

このときは、保健士、福祉事務所、厚生労働省、都の医療相談。思いつく限りの行政に助けを求めましたが、返答はすべて「主治医の言うことを聞きなさい」でした。殺される！　と本気で思いました。

薬のせいでいつ自殺してもおかしくない状況だったので、私は友人の家に泊

めてもらいました。友人の家にいる以上、迷惑はかけられないと、そのときできる自分なりの心のブレーキでした。友人宅でネットで薬の副作用を調べ、人権擁護団体のサイトを偶然見つけることができました。

人権擁護団体にすぐに問い合わせをし、減薬、断薬の治療をしている医師を紹介していただきました。薬も抜けてきて、現在では月に何度か頭痛が発生するだけになりました。今では心の健康は完全に取り戻しました。

＊

この体験例からわかることは、どの精神科に行こうが残念ながら事態はまったく変わらないということである。

⑦優秀な精神科医は治療しない「人格障害」

●――精神医療界からすれば、私も人格障害

人格障害という言葉もある。確かに、これに関してもそういう行動形態は存在するだろう。

しかしこれもまた一種詐欺的な病名である。優秀な精神科医であれば人格障害という診断はしないし、したとしても治療対象には含めない。

なぜなら人格障害という診断は、サイコパス、トラブルメーカー、自己中、わがまま、ナルシストなどなどと置き換えることが可能だからだ。これらが「良」といっているのではなく、これらを疾患だととらえることが間違いであるといっているのだ。

違う言い方をすれば医師にとって都合が悪い人物は、すべて人格障害と診断

できる。利権を維持しようとする精神医療界からすれば、私は人格障害の極みであるだろう。昔でいう政治犯なども人格障害として扱われてきたし、ロック歌手もヤンキーもやくざも、教科書に沿えば人格障害と認定できる。また、たとえば非常に清廉潔白で正しい行動ができたとしても、それが集団にそぐわないとき、人格障害というレッテルを貼られる人もいる。

実際のトラブルメーカーやリストカッターにつけられるかと思えば、逆に異端である良識者さえ同じ診断になる。こんな診断はばかばかしいとは思われないであろうか。

繰り返すが、社会に迷惑ばかりを与える人格障害的行動や思想を、無理やり「良」としているわけではない。

この行動形態は精神医療によって治るというものではない、特に、薬を投与したところで治るようなものではないということである。

はっきりいえば、痛い目をみるとか、法律的に裁かれるとかそういうことによってしか変化したりはしない。家族が子どもの行動に困るとき、精神科に行ったところでまったく意味はないのである。

そのような子どもの行為は長く厳しいしつけの結果か、度重なる恨みの転嫁か、もしくはその他の原因によるものであって、社会的にしか解決しえない。もし患者がウソをついていたらどうだろう。本当は気力が低いわけでもないのに、何らかの目的で低いとウソをつくこともありうる。というよりかなりの数がいるといわれている。これも教科書に沿えば人格障害であり、だからこそ優秀な精神科医は治療しないわけである。

そのような行為をこの業界では疾病利益という。なぜそんな演技やウソをつくのか。

たとえば薬を転売する目的であることがある。自分は病気ではないのに病気のふりをすることで、飲まない薬をもらってネット上で、あるいは直接販売するのだ。これは立派な違法行為だが、法の網をかなりの人間がくぐりぬけている。

また仕事をサボりたい、働きたくない、生活保護をもらうなどといった理由で、生活力はあるのに病気のふりをする人も多い。これも精神的にはおかしい、腐っているかもしれないが、精神病ではない。

内科や外科では病気に対してウソなどつけない。そしてこんな診断基準がまかりとおる治療があるなどとうそぶく医療こそ、詐欺そのものではなかろうか。

❽治療の先に悲惨な結果「気分変調症」

●──薬依存の優良顧客

気分変調症も同じである。気分変調症とはその名のとおり、気分が落ち込んだり元に戻ったりすることだが、これもまただれでも必ずある生理的反応である。

また、気分変調症の人はイライラするのを非常に嫌がるが、イライラしない人間のほうが世の中には少ないはずである。

この定義が存在すること自体、完璧に自分をコントロールできて、一切感情的にならない人間以外は病気であるといっているようなものだ。

この生理的反応を病気として取り込むことができれば、莫大な利益を得られることを知っていたから、精神医療界は後から病気に加えたのである。

この気分変調症に対しては精神医療では、抗うつ薬を投与するやり方と、気分安定薬（躁うつ病薬）を投与するやり方がある。

しかし、どちらを選んでもだいたい悲惨な結果しか待っていない。

一番の落とし穴は、見かけ上改善するケースが存在するということなのだが、結局は薬に依存して優良な顧客ができあがっていく。

また、通常、抗うつ薬を気分変調症に投与すると、気分の上がった状態を脳が忘れられず、ずっとその薬を欲するようになるし、気分を上げる薬だから気分変調のサイクルはむしろ安定するのではなく、増強される。波が大きくなると言ってもいい。

この気分変調症というレベルの人に抗うつ薬を投与することで、躁うつ病のような状態になり悪化していった人は数え切れない。そして前述のとおり、逆に気分安定薬を投与すると、感情の起伏が小さくなる。

これは一見するといいように思えるかもしれないが、二つの大きな問題がある。

一つはやはり依存性で、その起伏が小さい状況を欲するがゆえに、薬に依存していく。あの薬を飲んでいないと怒ったりイライラしたりしてしまう、だからあの薬を飲み続けたいという欲求が強くなっていく。つまりここでもまた依存していく。

●――精神科の感情喪失患者

もう一つは現実的な後遺症である。この場合、後遺症という言葉は正しくないかもしれないが、あえてこの言葉を使う。

それは、この薬を飲み続けるといったいどうなるか、という問題である。

この薬は文字どおり気分安定薬であり、気分の波を小さくするような作用を持つので、飲み続けることによりその感情状態が普通のように感じられてくるということだ。

もっと簡単にいえば、飲み続けることで喜怒哀楽が失われていくということである。

たとえば家族の葬式のとき、悲しいはずなのに涙が出ない、といった服用者の体験談がある。これがもっと進めばどんな物事が起きても、能面のような顔で何一つ感じない人間に変わっていく。

もしあなたが精神科に通院中なら、表情がなく感情が消失したような患者を待合室で見かけたことはないだろうか？　そのようになってしまうのである。人々が本当にそんなロボットのようになりたいのだとは、私には思えない。私からみれば今の日本人は、喜怒哀楽を表現できなくなってきていると感じる。

怒ることは社会的にいけないことだと刷り込まれている。悲しかったり泣いたりすることは恥ずかしいことだと刷り込まれている。喜んだり楽しいのは好きだが自分だけ楽しむのはいけないと感じている。本来、喜怒哀楽は人間として当然の反応であり、権利であり、これらを抑えることには何一ついいことはないのだ。

もちろん社会的に法を犯してはいけないが、完璧な人間を求めるあまり薬を飲んで感情を平坦化することは、ロボット管理社会への第一歩といっても差し支えないのである。

これらを総合して考えると、普遍的な精神の動向に対して、精神医療が病気と再定義することにより、儲けのルートを作って詐欺行為をしていることがよく理解できる。気分変調症はその中でもトップクラスの詐欺に属するだろう。

⑨やけ食いと何が違うの？「摂食障害」

●――食欲がないだけで拒食症

摂食障害といわれる病気がある。拒食症と過食症に分けられ、交互にこれを繰り返すとされている。ここにも詐欺的な部分が多く含まれている。

確かに食べたくても食べられない人、食べたくないのに食べてしまう人がいることは事実である。しかし、何の固定観念も執着もなくこの状況に陥っている人を私は見たことがない。

たとえば拒食症の場合、モデルのように細くないと女性として美しくないと決めてかかっている。昔（実際はそんなに太っていなくても）「太っている」と言われたことをずっと根にもってそこに執着しているため、食べてはいけないとしか考えられない。これは教科書的には強迫性障害の延長ということになるが、同様の理屈でこれを障害と呼ぶことは妥当ではない。

まず大事なのは、これらの考えを持っていることそのものが、すでに社会的に洗脳されているのだと自覚することである。拒食といっても、何かの出来事に落ち込んで（たとえば家族の死、恋人にフラれるなど）食欲がないという状況まで、最近は拒食症と診断されている始末である。

悲しいことがあれば多くの人は食欲がなくなってなんの不思議もない。そこから食べていく過程に移るには、本人が悲しみの過程を受容していく受容期が必要なだけのことである。

過食症の場合は同じ理由もあるが、少し様相が違う場合もある。実際には太っていないのに太っていて過食症だと、自ら申告してくる患者もいる。これは拒食症と同じ理屈でモデル志向、やせ願望の延長でしかない。

また、嫌なことがあると食べてしまうと訴えて訪れる患者もいる。これはいったい「やけ食い」となにが違うのかという問題になる。これを病気とすれば儲かるからこそ治療対象にしているのである。

もし過食症が精神障害だというなら、やけ食いも当然、精神障害になってしまう。私はそのようなことをもちろん認めはしない。

ここまでなら病気ではないという言い方もできるが、過食症の場合、低血糖症と糖質依存症が原因になっているケースもあるから注意が必要である。これは詐欺とは少し違って、診断が間違っていると考えたほうがいいかもしれない。

ごく簡単にいえば、脳は糖質しかエネルギーとして利用できないので、容易に糖質依存となる可能性を秘めており、低血糖になると意思とは無関係に食べ物がほしくなる。よく女性が甘いものを食べると落ち着く、というのはこの前段階でしかない。これに気づかずに安易に精神薬を飲んでしまうと、精神薬自体が糖分代謝を狂わせるため、収拾がつかなくなる。

この場合の基本は糖質中心の食事を見直し、生活リズムを見直すよりほかに方法がないのだ。

摂食障害において投薬治療した場合、拒食症が治ったというのは精神薬の副作用である「過食」を利用していることがほとんどである。

過食症の場合も副作用の食欲低下を利用しているか、強迫観念そのものをうち消す方向に進めていることがほとんどである。

もし見かけ上、良くなっている場合があるとしても、その裏で薬の副作用によってさまざまな脳の機能を傷つけていることは、これまでに書いてきたとおりである。精神薬は数日の服用でも依存症になることがあり、服用をやめるとめまい、頭痛、筋肉痛、灼熱感や視野のゆがみ、過呼吸発作といった禁断症状を起こす。また不可逆的な認知障害や記憶障害もありうる。

そこまでして薬を飲む理由があるだろうか？

だからこそ摂食障害の治療は慎重にしなくてはいけない。拒食症が体重の著しい減少を呼び死を招くかもしれないとき、または過食症でも標準の二倍、三倍という体重になってしまい、命にさわるとき以外、医学として治療してはいけないのだ。それ以外はドツボにはまり、これまで同様、詐欺に引っ掛かってしまうことを忘れないでいただきたい。

＊

次に挙げるのは摂食障害と診断された、看護師の女性の体験談である。薬よりも考え方を変えたことが功を奏した実例としてご覧いただきたい。

私は摂食障害の拒食と過食嘔吐の苦しみを七年かけて克服しました。その間、うつ、パニック、自殺企図などを経験し、現在は摂食障害専門の克服支援活動を行なっています。

高校三年生のとき、大学受験のストレスと強い痩身願望により、徹底したダイエットを始めました。しかし、食べない生活をずっと続けられるわけもなく、体が飢餓状態になったからか、食欲が暴走を開始。食べたいけど、太るのは困ると思い、友達もやっているからと安易な気持ちで、食べたいだけ食べて嘔吐することを繰り返すようになりました。はじめは痩せていく自分に達成感を得ていたのと、目標体重になったらすぐにやめられると思っていましたが、徐々に中毒のようになり、どんなに気合を入れてもやめられません。

自己コントロールができなくなったことによる焦燥感と、食べ物を吐くことの罪悪感。「なんで自分はこうなっちゃったんだろう」「一生続くのかな」と、毎日不安で怖くてドン底でした。大学の精神科の講義で「摂食障害」を知り、助けてほしいと精神科に行きました。そこで精神薬をもらい、飲み出しましたが、摂食の異常はやまず、ぼーっとして考えるのが億劫になるだけでした。そして、この時期に自殺企図が始まりました。今まで、つらいつらいと言いながらも大学の講義は受けていましたが、薬を始めた時期は授業にも集中できなくなりました。

「これじゃだめだ！　薬じゃ治らない！」と思い、勝手に薬をやめ、病院に行くのをやめ、カウンセリングを受けることにしました。五軒ほど回りましたが、摂食障害を理解してくれているカウンセラーに出会うことはできませんでした。それで、医療に答えはないと思い、自己啓発系の本や心理治療、最新の栄養療法や海外の食事などの勉強を始めました。

結果として私が克服できたのは、家族のサポートがあったのと、自己啓発系の本を読んだりしながら自己を認め、変でいいんだ、普通なんてないんだ、完璧なんてないんだってことを理解し、考え方を変えられたからです。

⑩〝本物〟は三〇〇〇分の一「統合失調症」

●――統合失調症も精神科医の主観が決める

まず統合失調症の基本的な症状とは何か、おさらいしておく。

基本は妄想、幻覚（幻聴）、思考の解体（支離滅裂であること）の三つ。これを前提として以下をお読みいただきたい。

現在、最も普遍的な精神病といわれる統合失調症の大半でさえ、病気というか疑わしい。

今やコンプレックスなどから被害妄想的になっているものも統合失調症、自分の思考と幻聴が区別されていない人も統合失調症、社会的に追い詰められている人も統合失調症であるとされる。これなら昔の暗殺者に狙われた君主などはみな統合失調症である。殺しに来ない人までも敵に思える＝被害妄想を持っている、と判断されてしまうからだ。

統合失調症という概念には思考の解体というのがある。支離滅裂な会話があったり行動があったりすれば、すべて統合失調症と診断してしまう。これらはすべて精神科医の主観により決まり、科学的な根拠は一切なく、提示できるデータもない。

そもそも統合失調症と診断されているケースの多くを見れば、本人の意志ではなく無理やり家族に病院に連れて行かれたというケースばかりだが、その場合、本当に支離滅裂であるというより、「家族の理解を超えている＝異常者」という判断のもと連れて行かれるケースが跡を絶たないようだ。これは家族がいかに狭い了見しか持っていないかの表れでしかない。

●—「キャバ嬢になりたい」は精神病か

一例を提示しよう。これは大学病院によりはっきりと統合失調症と診断されたケースである。しかし経過をたどれば、そのばかばかしさがよくみえてくる。

その子は一八歳になって突然キャバクラ嬢になりたいと親に訴えた。一流のキャバクラの真似をしたいと一流のお酒を飲んで「どんちゃん騒ぎ」をしたのがきっかけである。

親は頭がおかしくなったと判断し、精神科を受診させた。某大学病院の有名精神科医は親の意見から、「異常である」と判断、診断は統合失調症となり強力な薬を処方された次第である。処方された薬は次のとおり。

- ジプレキサ……………一〇mg
- ランドセン……………〇・五mg
- デパケン……………四〇〇mg
- リーマス錠……………六〇〇mg
- マグラックス330……一日九錠
- ツムラ大建中湯………一日三包

しかし薬を飲んで何もできなくなった娘を見て、おかしいと思った親は私のところに相談に来た。

相談後、数カ月かけて薬を減量し、現在は何の薬も飲まないで元気にやっている。

世の中にはこのようなケースがあふれている。

確かにキャバクラ嬢になるということは、社会のエリートレールからは外れているかもしれない。このとき親は、自分の考えている価値観から外れるもの＝異常であると判断したからこそ、精神科を無理やり受診させた。この行為はどんな言い訳をしようとも子どもに対してまったく無理解な、ある意味、ネグレクトに近い行為といえる。そして、幻覚さえないのに統合失調症と診断した有名精神科医。妄想などありませんと本人が訴えたところで、「突然キャバクラ嬢になりたいなど、考え方がおかしい」「一流のキャバクラ嬢になれると考えるなど妄想にすぎぬ」と断言したのだ。

なぜなってはいけないのか、なぜなれないと決めつけるのか。もしなれなかったとしても、それは本人が痛みとともに知るべき事実であり、精神科医などに決めつけられる筋合いはない話である。

●――だれでも支離滅裂なときがある

幻覚（幻聴）があるから統合失調症と診断する精神科医もいる。しかし幻覚とは何なのか、これは本人以外だれにもわからないはずである。

しかし、全国の精神科では、本人が「幻覚などない」と言っているにもかかわらず、「いやあるはずだ」として統合失調症と診断する医師が跡を絶たない。

また、もし幻覚（幻聴）があるとしても、その幻覚（幻聴）とすでにうまく付き合っている人もいる。この場合、まったく治療の対象にはならないのだが、精神科医の大半はそういう人にさえ多量の精神薬を投与しているのが日本の現状である。幻覚があるから全員、統合失調症であるとは限らない。

統合失調症と判断されている多くの人は、過去の記憶を幻視するだけで統合失調症と診断されている。これは非常にばかげたことだ。これが統合失調症の基準になりうるというなら、世の中の多くの人が統合失調症になりうる。多くの人は、ある意味でその幻視とやらをよく見ているし、その人たちが精神科を受診しないのは、それが人間としては当たり前だったり、了解可能であるとわかっているからである。

その意味では、現在、統合失調症として次々拡大診断されている患者さんたちは、適応力は低いのかもしれない。その幻覚が人間として普通にありうることを理解できていないからだ。だから何の疑いもなく精神科医の診断を信じてしまうし、強力な薬を飲むことに抵抗がなくなる。こうやって一度、統合失調症と診断してしまえば、一生薬を飲むしかないという理屈になるから、最高の顧客ができあがるわけだ。

たびたび繰り返すが、統合失調症の幻覚も妄想も思考解体も、教科書に載っている他の症状も、すべて主観による判断でしかない。医師や権力者のとり方によりいくらでも異なってくるのだ。だれでも妄想をしたり支離滅裂になったりするときがあるものである。精神に何らかの症状がないことを健常とするのなら、人間はみな健常者ではなくなってしまう。

妄想があるから他害や犯罪があるとは限らない。現在、統合失調症と呼ばれる人の大多数が、とても優しい人であると認識されているからだ。

統合失調症を病気であると判断する概念そのものが、社会がロボット管理を求めるがゆえの「おかしな行動は許さぬ」という思想に等しいのだ。

百歩譲って本物の統合失調症があるのだとしても、薬を飲みたい患者さんだけが、最低限度で飲んでいればよい話ではないか。躁うつ病の項でも書いたが、昔は二大精神病といって統合失調症と躁うつ病しかなかったといっても差し支えない。昔は統合失調症という呼び名ではなく精神分裂病であった。

●――私が定義する統合失調症

ここまで書いてきたような内容の患者たちは、とてもじゃないが治療もやむをえないというほどの統合失調症とは呼べない。おそらく遠い未来には幻覚をきたす科学的理由も解明されるだろうが、現代医学では統合失調症の定義が一切できないので、私は治療を許容できる統合失調症を以下のようなものと提唱している。

その条件とは、

①薬（タバコ、アルコール、違法薬物も含めて）を飲んでいないまっさらな状態で
②自分を責める幻聴、被害妄想などが非常に強く
③そのことによって自己（他人ではなく）に明らかな有害事象があり（たとえば自殺企図など）
④生活が一切成立せず、生存さえも保てないほどの状態が続き
⑤一過性ではなく、数カ月に及びその状態が続くもの
⑥そして患者本人が治療を希望するもの

である。

初期統合失調症理論というのがあった、イヤ、一応、今でもある。自生思考、気づき亢進、漠とした被注察感、緊迫困惑気分の四徴が基本であるらしい。

しかし、この症状や特徴は発達障害の特徴とあまり大差がない。そして発達障害専門医とやらは、それを発達障害の二次障害だと強弁する。

しかし、これは本当だろうか。言語が難しいので一般人にはわかりにくいかもしれないが、これらの四徴というのは、神経質な性格を持ったり追い詰められたりすればだれでも持ちうる症状である。

これらの行動や症状を持つということは、人間として自己を守ったり自我を形成したりするための本能のようなものだ。

精神科医たちは統合失調症専門医であれ、発達障害専門医であれ、これを病気であり障害であり薬物により改善させるべき問題であると述べる。これは恐ろしいことである。私に言わせれば、人間を人間でなくさせるための方針と呼ぶにふさわしい。

この初期統合失調症という概念も、発達障害という概念も、存在するとしてしまったらどんなに言い訳を取りつくろおうが、必ず大きな負の遺産になるのである。

薬物投与、薬物依存、差別、人間の可能性の排除、レッテル貼り、そういう負の遺産である。これらの概念が存在するからこそ、早期介入、早期支援が行なわれるのである。この概念が存在するからこそ、精神科で被害を受ける人が増加するのである。この概念が存在するからこそ、疾病利得にいそしむ人が増え、虐待の口実を作れる親が増えていくのである。

●――薬で統合失調症になる原理

また統合失調症について考えるとき、必ず薬剤性精神病について知識を持たねばならない。これは少し薬理学的な話になるが、勉強していただきたい。たとえば不安などの症状があるものの、幻覚や妄想がない患者さんがいたとしよう。

そのとき精神科医のパターンとして最初、抗不安薬や抗うつ薬で治療することが多い。その治療の問題点は先に述べているのでここでは割愛するが、たとえばその薬の影響で暴れても診断が統合失調症になってしまう。またその精神薬で改善しなかった場合、抗精神病薬（メジャートランキライザー）という薬を処方する。ここが重要な問題である。

抗精神病薬は基本的にドーパミンというホルモンを抑える薬で、統合失調症はドーパミン過剰になっているという仮説に基づいて薬が開発された（ここでも仮説である）。

しかし、ドーパミンが過剰になっていない患者さんに対し、この薬を投与するとどうなるか。

薬は脳の中でレセプターと呼ばれる受け皿に作用し、脳は「ドーパミンが出せなくなったぞ？」という疑問からレセプターを増やしていく（これをアップレギュレーションという）。

もし急に薬をやめたり減らしたりすればどうなるか。

薬の量に対応していた脳の中は、いきなりレセプターを減らすこともできないため、疑似ドーパミン過剰状態になる。そうすると統合失調症と似たような症状を呈する。これを過敏性精神病とか薬剤性精神病などと呼ぶ。

この理論もまた仮説の域を出ていないのが難点であるが、臨床を見ていれば、このようなケースはすこぶる多い。

これはつまりどういうことかといえば、統合失調症ではなかったのに、薬物によって疑似統合失調症にされてしまったということである。

なぜ私が統合失調症として治療を許容する条件として、真っ先に①を挙げているか。その理由がここにある。

●―一〇〇人に一人という数字のマジック

最後に統合失調症の頻度について触れてみよう。教科書やインターネットを見れば統合失調症は一〇〇人に一人程度で、まったく稀ではないと記載されている。

しかし、個人的な経験でいえば、これはまったくの間違いであると断言したい。

当院は小さいクリニックながら本を書いたりしている関係で、かなり重症の方が集まる。明確な幻覚や妄想があり、会話が成立しない支離滅裂さも兼ね合わせた患者さんがいないわけではない。しかし、その割合は患者さん全体の一〇〇人に一人いるかいないかである。難しいのはこれらを科学的に証明できないことだ。だから前述の治療条件は常に留意せねばならない。今、国民の四〇人に一人くらいが心療内科を訪れるということなので、単純計算しても統合失調症の診断をされる可能性がある人は、三〇〇〇人に一人程度ということになる。

治療を希望する人、治療が必要だと私が考える人はさらに少なくなり、五〇〇〇人に一人くらいかもしれない。この一〇〇〇人に一人という話は数字のマジックであり、詐欺への誘導であると私は考えている。良くなる病気だから恐れず受診せよというわけだ。

しかし、これこそが大きな問題のない人が統合失調症と診断されて、薬を飲まされていることを示す一端ではないだろうか。とどのつまりは宣伝販売行為である。

結論をいえば、私の個人的意見であっても、統合失調症と現在呼ばれている患者さんの中で、真に統合失調症と呼べるレベルであり、本人が治療を許容し、毒でも麻薬でもありうる薬を投与する必要がある人は、約三〇〇〇〜五〇〇〇人に一人、〇・〇三三〜〇・〇二％にすぎないということである。詐欺がここに極まったといえよう。

第4章 精神科にダマされないために

●良識的精神科医さえ薬を使う

ここまでで、どれだけ精神科の診断がいい加減極まりないものか、どれだけ非科学的か、どれだけ主観的か、どれだけ本人の苦痛でなく周囲の苦痛に左右されているか、という点を述べてきた。

と同時に、これに薬を投与するのがいかに無意味なことか、それでも日本で薬物療法しか行なわれないことは、ただの儲け主義にすぎないことを述べてきた。

非科学的なことを根拠に多額のお金をせしめ、人間性を放逐した行為はまさに詐欺、犯罪といってしかるべきである。まさに、日本中の精神科医は詐欺師といっても過言ではない状況にあるといってよい。

いや、言い過ぎだろうか。私のところにも、仕事柄、多くの患者さんが他の精神科から流れてきた。だから、すべての精神科医が悪だと思い込んでいるのかもしれない。日本にも精神薬治療ではない精神科医がまだまだ隠れていると信じたい。親ではなく、社会ではなく、本人がどうしたいのかを優先する医師がいることを信じたい。怒ろうが泣こうが喜ぼうが叫ぼうが喧嘩しようが、診断や薬ではなく、まっさらな人間のまま対応してくれる精神科医もいると信じたい。

もしメンタルヘルスという概念があって、絆の弱い日本社会でそれが必要だと訴えるなら、その方法は医師それぞれにすればいい。癒しの能力があると思う人はそうすればいいし、スパルタのほうが向いていると思う人はそうすればいい。

しかし、私の知る限り、そのような治療をする医師にお目にかかったことがない。どんな精神科医でも精神薬を使う。非常に多い量を使う人がほとんどである。ごく少数の良識的精神科医と呼ばれる人たちさえ、必ず精神薬を使う。抗精神病薬（メジャートランキライザー）を使わない代わりに安定剤や抗うつ薬を使うにすぎない。

私は、自分の子どもだけ精神障害呼ばわりして、精神科医と共同で薬漬けにする親たちの自己都合的な行動を擁護するつもりなどさらさらない。自閉症は親には関係ないなどという、事実を無視した都合がいい意見など潰れてしまえばいいと思う。患者たちに多剤大量薬物療法や電気けいれん療法をすること、医療観察法で一生病院に入れておくことはもちろん反対である。患者たちがもし社会でトラブルを起こせば、ひたすら法律にのっとって彼らの違法行為が裁かれればいいではないか。

私はこのような〝やくざ医師〟だが、それでも精神薬によって苦しめる医師や、精神薬により人間をコントロールしようとする親よりはましなのではないか、と思っている。

なぜなら精神病院でそのような治療を受けるほうが、法律によって刑罰を受けるより、現実的に考えればはるかに重罪だからだ。そしていったん今の精神病院に入れば、社会復帰への道は極端に狭くなる。

●──精神科は存在自体が悪

どうして精神科の悲劇は起こってしまうのか。それはしょせん彼ら精神科医が、よりよい精神医療という立場から物事を考えるからであり、精神科医性善説から考えるからだ。

そんなわけはない、精神科とは歴史上、収容隔離を基本とした、存在だけで悪なのである。それでも存在価値があるというなら、それは必要悪なのだ。

精神病のすべては医学的、科学的には証明できず、すぐに人権侵害につながる。だから精神医療には本人の選択を最も重視するという考えなしには成り立たないのである。

そして精神薬のすべては猛毒であり、取り返しのつかない依存性を持ち、脳を破壊していく。そんな薬や治療が悪でなくていったい何なのだろうか？　それら精神薬のリスクをすべて説明、理解し、それでも飲むことを希望するものだけが精神医療を受けてもいい存在である。今はこの最低限の基準がまったく守られていない。

だからこの業界に関していえば、性悪説から入らない限り、良くなるはずがないのは必然である。にもかかわらず日本人は権威に目がくらみ、〝精神科医の

増え続ける「心の専門家」と「気分障害患者」

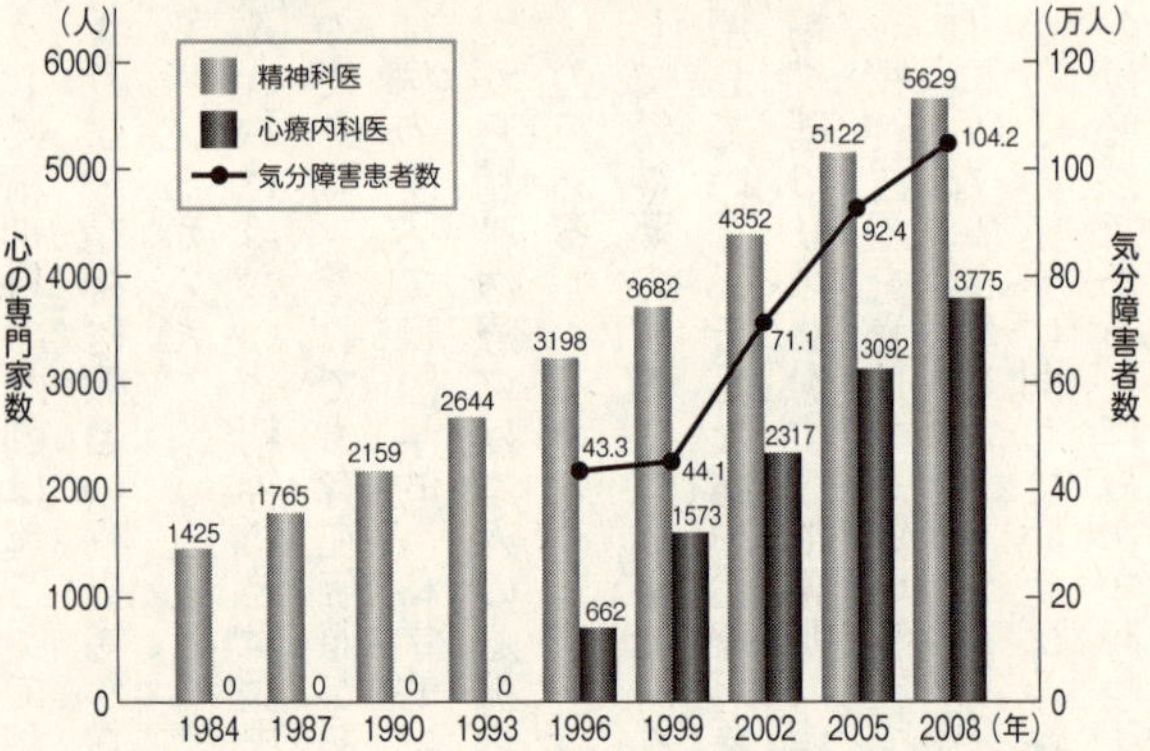

※厚生労働省「医療施設調査」「患者調査」をもとに作成

先生〟がおっしゃることは正しいに決まっていると考え、無駄な助けを求めようとするがため、詐欺に引っ掛かってしまう。

精神科ではよく「誤診」という言葉を耳にする。しかし心療内科や精神科の領域には、そもそも誤診という言葉は存在しない。もっといえば、病名をつけられているものはすべて誤診と呼ぶべきである。

なぜならこれまで指摘してきたとおり、精神科の病名のすべてが主観によって左右されるものであり、周囲の事情によって、医師によって左右されるものだからである。親が統合失調症から発達障害に変えたいと願えば変わる、それくらいいい加減な代物なのだ。

これらを踏まえて、それでもやはりあなたが精神科医を必要とし、かつ精神科医の詐欺に引っ掛かりたくなかったら、以下の点に注意して選んでもらいたいものである。

①精神科の診断名などというものは「いい加減極まりない」と認識している
②精神科の診断名などというものは「便宜上」であるということを知っている
③精神薬を使わない、もしくは使っても頓服程度にとどめて使う
④精神薬がただの対症療法だと認識している
⑤決して精神薬を「一生飲め」などと言わない
⑥通院することを本人の意思に任せている（要するに無理強いして通院させない）
⑦薬を飲むか飲まないかも本人の意思に任せている
⑧薬の危険性や依存性を説明する（簡単でもよい）

⑨一分診療などはしない（混んでいてもせめて五〜一〇分は使ってほしい）
⑩必要な場合、カウンセラーなどを用意している（原因追求の姿勢）
⑪他の精神科医と比べて法外な値段を要求しない（カウンセリング料やサプリ代で月に数万や数十万というクリニックは多い）
⑫福祉や他の業界との連携ができている
⑬厳しい意見や嫌なことを本人や家族に言える（温和に言える人ならさらにベスト）
⑭薬やカウンセリング以外に、何をすれば良くなるかを指導してくれる
⑮具体的に自分をどう鍛えるべきかを教えてくれ、試練を与えてくれる
⑯医師自身が自分を○○障害であると言えるくらいの医師のほうがよい
⑰最終目標が「受診を終わりにする」の医師である
⑱安易に障害年金や生活保護を勧めない

●——「良識」と「権威」も罠である

ここで二つの問題点がある。一つは良識的な精神科医という甘い罠、もう一つは権威ある大先生という甘い罠である。

世には私などより薬学にも秀でていて温厚な精神科医は数多いと思う。しかし優秀ではあっても、精神薬を一生飲むよう勧めることがほとんどだ。

また、薬を減らしてくれる良識的精神科医というのは、患者や家族にとってまことに都合がいいが、薬をなくしてはくれない。

こういう精神科医が増えたことは、以前よりは精神医療界がましになった証だろうが、低温保存状態で患者受診を維持させようとしているようなものである。薬を減らせば体は楽になるので、喜ばれるに決まっているし、その結果、最小限の処方ですめばまるで神のように扱われるだろう。

しかし、結局このことは一生を薬漬けで終わらせようとしたり、思想的に洗脳しようとしたりする甘い罠のための準備工作なのである。昔の共産主義やカルト宗教がやっていたやり方と変わらぬ手法が、いまだ精神医療界には良識派のやり方として続いているのだ。

もう一つ、日本人は権威にとても弱い。そして精神科医ともなれば、それだけで精神のすべてを知っていそうな雰囲気で、何も言えなくなってしまう。

しかし、精神科という領域は権威であるほど、ベテランであるほど、有名であるほど、危険であると考えねばならない。なぜなら繰り返し述べているように、すべての精神科医の判断は主観に基づくものだからである。権威ある大先生がいる病院は私が挙げた一八条件のうち、いくつかを満たすはずである。彼らは権威を頼りに金を集めスタッフをかき集めているから。だが、その病院が本当にいい精神科とは限らない。

たとえ患者がなんと言おうが、権威が黒といえば白も黒になる、それが精神医療界なのだ。だから詐欺に引っ掛からないためには、相手が権威であるということに振り回されてはいけない。逆にいうと、権威を頼りに受診した段階で、すでにカモなのである。あなたが本当に詐欺に引っ掛かりたくないと考えているなら、権威に頼ることこそやめねばならないのである。

●——精神科を受診する前の一〇の心得

さて、もしあなたが何かしらの精神的苦痛や症状を抱えたとき、はじめて精神科に行こうというその前に、できれば以下のことくらいは考えてから行っていただきたい。

また、もうすでに精神科医にかかってドツボにはまっているとしたら、できるだけ早く病院を変えると同時に、自分たちでできる以下のことを実践していただきたい。

何よりも心療内科、精神科という分野なのだから、心掛けが大事であるに決まっている。

しかし、多くの患者さんの場合、この心掛けからすでに外れていることが多い。まずここを修正しなければ、たとえ本当のまともな精神科医にかかったところで無駄なのだ。

その心得となる、次の一〇項目についてよく検討してみることである。

①精神症状が本当に医療でしか解決できないのか

②働きすぎになっていないか

③社会の常識に惑わされていないか
④そもそも病気であるのか
⑤他科によってしっかり検査したか
⑥自分でその症状を良くするためにできることはないか
⑦いろんなトラブルや苦痛も人生の一ページである
⑧今の精神科医に洗脳されていないかどうか
⑨日常生活や食生活に問題がないか
⑩それでも薬を飲むのなら極少量になっているか

である。

次からこの一〇の心得について、一つずつ解説していくことにしよう。

①精神症状が本当に医療でしか解決できないのか

あなたの精神症状は、借金、虐待、ＤＶ、ストーカー被害、大切な人の喪失、パワハラ、いじめ、不登校などに起因するものではないか。これによる精神的な苦痛は、当然ながら精神科では治りはしない。

治ったといってもそれは見せかけである。覚醒剤や麻薬まがいの薬でごまかしているにすぎないのだ。解決のためには原因を取り除くしかなく、またそれが最良の治療である。

借金は返す見通しが立つか、実際返し終わらなければ、それに付随する精神症状が消えるはずはない。虐待もＤＶもストーカー被害も、それがなくならない限り同じである。

この世には借金のための本当の金策を提言し、二〇〇〇人の相談を受け、自殺者ゼロに導いているという組織が存在する。精神科に頼らなくても精神的な問題は解決できる。

たとえば大切な人の喪失による精神的苦痛は、必ず受容期を経るしかない。これは消してはいけないものなのである。

パワハラやいじめは何よりも会社や学校に行かないことが基本である。そして具体的、人間的な対処をしないといけない。不登校に陥るのも理由あってのことだから、その理由を頼りに解決を図らねばならない。これらすべてが精神科による薬で解決できるものでは決してないことを、まず検討しなければいけない。

②働きすぎになっていないか

これは日本人に特にありがちである。生きがいが仕事であったり、リストラの影におびえて無理をしたり、中間管理職でにっちもさっちもいかない場合によくみられる。

しかし、それで体調を崩すよりも、人間としては休むほうが大事に決まっている。休めないと思っている段階で、すでに社会の奴隷になっていることに気づかないと、たとえ回復したとしてもまた同じ経路をたどる。すべてにおいて働きすぎは病気の源であることを知らねばならない。病気はだれも代わってくれないのだ。

働くなということではなく、オン・オフをはっきりさせることが重要であろう。

③社会の常識に惑わされていないか

「美人とは痩身のモデルのような体型のことである」とか、「社内の和を乱すような行動をしてはいけない」といった〝社会の常識〟に過剰に囚われる必要はない。こうしたことに囚われすぎると、もう行きつく先には精神的苦痛しか待ってはいない。

痩身が美の象徴であるというのは、CMなどによって作られた強い刷り込みである。海外ではまったく違う価値観などざらであり、日本でも時代によって美の基準も変遷している。こういう常識に支配されるとどんどん精神的苦痛を作っていく。

この精神的苦痛に対して効く薬など存在するはずはなく、常識や洗脳から解き放たれる以外に改善の道筋はない。

④そもそも病気であるのか

これまでのさまざまな「詐欺話」によって、説明してきたとおりである。たとえば不安を感じて精神科を受診すると、「不安障害」と診断されるが、不安というものは本来、人間にはあって当たり前、むしろないほうが不思議なものである。それをなくそうという目的で精神科の門をたたくということは、体《てい》のいいカモになるということと同じであることを知らねばならない。

また月経に関する精神の諸問題や、季節性や天候性のうつといわれる状態があるが、これに精神薬を使うなどというのは愚の骨頂である。副作用によってホルモンを狂わせ、むしろ改善を阻害する。

個人的意見では、こうしたことは動物本能の名残ではないかと思うので、自然物に近いもので対処したほうがいいだろう。これらが漢方の得意分野であることもそれを示唆している。

⑤他科によってしっかり検査したか

しっかりした医学的検査もないまま精神疾患と診断されている例が跡を絶たない。

たとえば、甲状腺障害、膠原病、更年期障害、血糖調節障害や低血圧、栄養障害、アレルギー性のもの、髄液漏出症候群、高次脳機能障害などに起因する、精神疾患と診断されやすい状態がある。これらだけは他科を受診することで、せめて鑑別しておきたい。

⑥自分でその症状を良くするためにできることはないか

たとえば、運動することである。激しければいいというものではなく、好きな運動を勧めたい。ただし長続きすることが最も大切である。

また、踊ることもお勧めする。古くから人が踊ることは精神発露と不分離な関係にあった。踊るとともに歌うことも大事である。下手で結構、恥ずかしければ一人でカラオケボックスにでも行けばよい。音楽療法という言葉があるが、古来、歌うのも精神的効果があったという証だろう。

私はサウナ風呂をよく勧める。サウナ風呂は白夜のフィンランドで生まれたので、不眠に対して効果があり、かつ副交感神経優位になるし、汗をかくのもそのまま治療となる。囲碁、将棋、チェスなど古典的ゲームには意味がある。単純だが奥深く、その中で相手の心理を読む必要があるゲームである。自閉症や発達障害とレッテルを貼られるような人たちには特にお勧めだと思う。逆に、テレビゲームや携帯ゲームはまったくお勧めできない。自閉傾向の強い人がやれば、いわゆる「ネトゲ廃人」になる可能性がある。農業や自然に親しむことはなにより重要である。自然の中で一人暮らししたり、農作業に従事したりして良くなった人を何人も知っている。農作業とか自然に触れるということは、それだけで一種の鍛えになっているのだ。

⑦いろんなトラブルや苦痛も人生の一ページである

人生を生きていくうえでは、だれしもさまざまな精神状態になるし、そのなかでモノへの八つ当たりや喧嘩、ことによっては錯乱したりすることもある。一般人も精神科医も簡単にこのことを病気ととらえるが、その大半は脳の疾患とはなんの関係もない。

それは病気ではなく、社会的問題であり、薬で治る代物ではないことを認識することが大事なのである。たとえどんなにメンドくさくても、人と人とのぶつかり合いによってしか解決できない代物であることを知らねばならない。

⑧今の精神科医に洗脳されていないかどうか

すでに通院している人は、「○○病」という診断をすでに鵜呑みにしていないだろうか。

精神科というのは、いい加減極まりない主観の領域であるから、人によって診断が姿を変える。

病院を変えて同じ診断名なのは、前医の顔を立てているからにすぎない。精神科ではセカンドオピニオンなど受けても無駄である。

精神科医のほぼすべては優生学思想の持ち主で、精神医学という科学でもない主張を根本から信じ切っている人々である。そのため、精神医学を否定できる精神科医でなければセカンドオピニオンの存在価値などないが、そのような精神科医はまったく存在しない。ちなみに、かくいう私は内科医であって精神科医ではない。

何か違う、何かおかしいという素人的な感覚を決しておろそかにしてはいけない。精神科医ではない人間の意見を総合する視点を持たなければ、永久に詐欺師の食い物となることを知らねばならない。

⑨日常生活や食生活に問題がないか

人間の最も基本的欲望である食欲、睡眠欲、性欲についての見直しも必要である。

食事の内容はどんなものより精神衛生においても大切である。インスタント食品頼りの食事では必ず精神的不調に陥る。

気分が落ち気味の人は肉食を中心に、イライラしたりノイローゼ気味だったりする人は野菜食を中心にした食事に切り替えてみてほしい。

脂肪を避けすぎるのも良くない。豆、ゴマ、貝類、海藻類、牡蠣《かき》など栄養豊富な食物をうまく活用する。炭水化物や甘いもの頼りの食事であれば、精神状態が悪くなる率は飛躍的に増える。

睡眠もただ眠るというだけではなく、快適に眠るために工夫をしているか、常に考えねばならない。安眠グッズというだけでも現代にはたくさんの物が売られているが、不眠で相談に来る患者さんの場合、そうしたグッズを使うなど睡眠への工夫をしているのをほとんど見たことがない。

性欲については、日本の中では語ること自体がタブーとされているかのようだが、大人であればこれを求めるのは当たり前の話である。世界中の平均セックス回数を取ってみても、日本人は極端に低い。科学的に立証されているわけではないが、このことと精神状態とが無関係であるとは私には思えない。欲望ばかりではもちろんいけないが、日本人は過度に動物としての根源的欲求を抑えすぎていないか、というのも検討の余地があろう。

⑩それでも薬を飲むのなら極少量になっているか

ここまで書いた九つの心得を意識・実践したとしても、良くならないという人は一定数いるだろう。そこで初めて医師の出番が来るのである。

そしてその場合、精神薬の使用は最低限度であることにこだわらねばならない。

精神薬そのものが、覚醒剤や麻薬まがいの代物だからである。言い換えれば毒そのものであり、毒（薬）をもって毒（強い精神症状）を制すという形になる。

ただし、決して根本的に改善してくれるわけではないことを知らねばならない。

もし飲んでいると落ち着くからとだらだら飲んでしまったら、すぐに依存して「おいしい顧客」になってしまうということを忘れないでほしい。あえて顧客になりたい人がいるのなら、好きにしてもらえばいいが……。

●――精神科不要論

ここまで書いてきて、筆者は精神科を不要だと思っているのかと考える人は多かろう。

結論をひと言でいえば、精神科は不要であると断言できる。

しかし、これはある意味、矛盾している。「まともな精神科医などいないし、いたとしても存在価値がない」と思っているのに、「まともな精神科医のかかり方」を書いているのだから。ただ私は、前者は目指すべき目標として、後者は妥協的な対策として示している。

これまでに示した詐欺、人権侵害、被害、ウソ、非科学性は当然のこと、薬物による依存や禁断症状、不可逆的な脳損傷はもはや犯罪といっても過言ではない。

　精神科ではだれも治らないので、クリニックでも病院でも患者はたまっていく一方である。この事態は、だれも治さないことによって通院患者数を増やし、収入を増やそうと企んでいるに等しい。社会が病んでいるから精神科に患者がたまるのではないということを、いまだ一般人はだれも理解しようとしないようだ。

　これらの罪はさておいても、そもそも精神とか心とかの問題は、人間的な問題であり、社会的な問題であって、医学の問題ではない。それを医学の問題であるかのようにすり替え、自分たちの利益へ誘導した精神医学界の策略は、奸《かん》智《ち》のひと言に尽きる。それとともに人々が根本的な問題から逃げ続け、精神科という見せかけの看板と専門家に問題を丸投げしたともとらえることができる。

　家族の問題を真剣に考えて取り組む人間は日本にはいなくなってしまった。個人的悩みや心理的問題を、まるで教会や何かで啓示を与えられたり、聖母に癒されにいったりするかのような気分で精神科を受診するのである。

　しかし、そうしたことはそもそも医学が負うべき仕事ではない。人々が普遍的に望み、かつ絶対に求め得ぬものを医療という名のもとに誘導したからこそ、今の精神医療被害の数々は引き起こされることとなった。

だから、精神科などというものはこの世に存在してはいけない。これが存在するからこそ、人々は甘いものに群がる蟻のように精神科に集まり、最後は踏みつぶされていく。

最初から「精神科などない」「精神を治療してくれるような都合のいい組織も科学もない」という前提に立てば、人々は必ず自分で立ち直り、生きていく力を持つものである。

もし一人でそれが無理だとしても、恥も体裁も乗り越え、人々の協調の中で改善策を見いだしていく。

精神科治療を全面否定するなら、代案を示せと各所で必ず質問される。

だが、代案という観念自体がすでに精神医学に洗脳されていることに、ほとんどの人は気づいていない。

精神的問題の解決に抜け道などあろうはずがない。素人が考えてもわかるように、解決策とは、原因の除去、トラブルへの取り組みしかありえない。

少し別の視点で考えよう。多くの人が懐かしむ戦後から高度成長期にかけて、精神科などというものはほとんど存在しなかった。街中にメンタルクリニックなどなく、精神病院は山奥で怖い場所だというイメージが強かった。大学病院でも総合病院でも精神科医などという人間自体が変人で、むしろ精神科医たちこそ精神病ではないかという雰囲気が強かったのである。

ではそのような時代、人々は精神的な問題や社会的な問題にどう対応していたのか。

想像すれば明らかだし、その時代を生きてきた人に聞けばよい。トラブル、喧嘩、深く激しい議論などは当たり前で、徹底的な人間ドラマの中で精神的諸問題が解決されていたのである。

それが一九九〇年代後半から変わってしまった。ＣＭと新聞広告によって「精神科は怖くない」「精神科は精神を治してくれる」という誤ったイメージが浸透したのだ。これを覆すのはかなりの困難である。何せ全国民が洗脳されているのだから容易なことではない。

人々は安楽しか求めていないし、何がなんでもトラブルを避けることだけを考え、臭いものには蓋をして学ぼうとはしない。「体裁」「プライド」「しがらみ」「周囲の目」「踏み込み」などばかりを気にして、その結果、問題に対して正面から取り組むのではなく、ごまかしに走ろうとする。そのごまかしこそが精神科であり、精神薬である。飲めば気分はよくなるかもしれないが、それは覚醒剤を飲んで逃げているのとまったく同じことだ。

だからこそ何度でも言おう。精神科は存在してはいけない。本質的に考えて、精神科の改善を目指すこと、薬の良き利用法を試行錯誤することなど、いい人のふりをして世の中をより混乱に陥れているのと変わりないのである。

精神科さえ存在しなければ、人々は自分で精神的諸問題を解決するのだ。

第5章 私の実践する「精神症状」対応策

●—もう一歩踏み込んだ薬以外の対処法

本書では繰り返し、精神薬では根本的に何も解決しないことを述べてきた。ではどうするのかという方法論は、いくつか提示しておかねばならないだろうと思う。

昔から精神修行という言葉はあったが、現在では何を指して言うのか定かではない。現代社会では宗教色の強い古代と違って、望めばだれでも修行と称したビジネスプラン（たとえば体験の護摩行とか、断食修行を兼ねた宿泊プランなどはこれに当たるだろう）に参加できるからだ。

しかし、ビジネスプランだからといって軽蔑する必要はない。少なくとも精神薬で考える力をなくすよりは相当良かろうと思う。

しょせん、精神的な症状とは、メンタルの強さ弱さに起因するものが大半である。これまでに述べてきたように精神的症状が病気であり、科学的な疾患であるという論理はすでに崩壊している。修養や努力が結果を生み、失敗を続けても継続していくことでこそ自信が生まれ、はじめて精神症状を克服できるのである。修行や修養と称されるものは、人々のしょうもないプライドも夢物語も、一網打尽にうち砕いてくれる。

少なくとも現在の精神科にかかっている人のうち、九割はこういう修養とか鍛えることが「もしできれば」良くなるといえる。

あとはやるかやらないかだけだ。やらないということは病気ではない。それは単なる逃げにすぎないし、逃げたい人は逃げていっこうに構わぬのである。

現代において厳しいことを勧める人間とは、患者さんの苦しみを理解しない〝人でなし〟であるらしい。しかし、しのぎ合いの中にしか、人間の成長も精神症状からの卒業もありえはしない。それを正直に指摘できない現代社会にこそ問題があるのではなかろうか。

注目すべきは精神薬の禁断症状に苦しんだ人たちの成長である。精神薬を抜くということは覚醒剤や麻薬を抜くことと同義であり、それを成し遂げるには相当の根性と知識を要する。つまり精神薬と闘うことはそのまま修行になっていて、それを成し終えた患者たちはちょっとしたことでは動じない。「あの禁断症状に比べれば、こんなこと楽勝」と考えることができる。これは修行が厳しければ厳しいほど精神症状が改善する理由と符合する。

修行というと、一般的イメージとしては滝打ちや座禅などが思い浮かぶ。仏教色は強いが私は悪くないと思う。護摩行でもいいがこれは相当きついらしいので、もはや修養などと呼べるレベルではないだろう。

そのほかに精神的な症状への対処法としては、次のようなことが挙げられる。

◉登山やマラソン

登山やマラソンはいろんな意味で効果があると思う。これらが流行っているというのは、日本人全体が精神的な病前状態であり、かつそれを克服するために、自分たち自身で取り組もうとしている表れでもあるのではないか。

こういうことをしている人で、精神科にかかった人を今のところあまり見たことがない。逆にいえば、治療が難しいと思われる患者さんで、あらかじめこういうことをしてきたという人を見たことがない。

◉太極拳やヨガ

もう少し軽いものだと太極拳やヨガなどがあり、これは心療内科の教科書に載っているくらいである。呼吸法なども腹式呼吸が基本で、丹田《たんでん》を重視するよう教えられるので、病前治療としても大いに役立つはずと思う。腹式呼吸は精神症状を良くするうえでの基本中の基本である。

こういうことをやっている人は、どこが痛いとかどこが凝るなどとも言わないし、痛くてもそれが自然であることを理解できる。そしてそんな訴えで病院に来るような人間にはならない。

◉断食

断食も一定の効果があるらしい。効果がある理由として、腸内細菌叢《そう》を一掃するからではないかという意見もあるが、本当かどうかは定かではない。ただ経験者によると、一つの壁を超える感覚があるらしい。これも苦痛を乗り越える経験を身につけたからこそ、種々の精神的症状に対処することができるのだろう。

◉教育

教育というのは最大の修行である。誤解を恐れずいえば、幼少期で勝負が決まっているといっても過言ではない。厳しすぎてもダメだし優しすぎてもダメだし、ここは私にもわからない。

ただ難しい患者さんの親を見ていてわかることは、おとなしくて手がかからない子どもにコミュニケーションの訓練などを教えた経歴がほとんどないということである。患者が親の育て方が悪いと恨む理由の筆頭である。人の中に入りたがらないのをそのままにしておいて、後でどうしようもなくなったときに親があわてて精神科に連れて行くといった具合である。

●―生きるうえで大切な「痛み」

こんなことをいうから〝人でなし医者〟と呼ばれるのだろうが、トラウマや傷つき体験やコンプレックスを感じるのは、生きるうえで必要不可欠である。

良識派とかいわれる精神科医も多くの心理士も、これらはいけないこと、排除すべきものという人が多い。

しかし、その結果が今の世の中、今の精神医療の現状ではないかと私は思う。教育現場でも会社などでもこういうことをさせるのがいけない、避けるべき、それで病気になるのは必然という認識が浸透しているが、そのおかしさを今の人間は感じないらしい。

よく患者さんは私に「先生みたいな優秀な人はトラウマなんてないでしょうね」というが、大きな誤解である。いや、医者仲間で飲みに行ったときの話を思い出しても、いじめられた経験の持ち主だけでどれだけ多いことか。

私はトラウマや傷つき体験やコンプレックスを積極的に推奨しているわけではない。問題はそれがだれにでもあり、それによって人間は鍛えられているということ、前に進む原動力になるということ、そしてそれを共感する家族や友人がいれば、病院にかかるような事態は防げるということである。違うたとえをすれば、トラウマは重力のようなものだといえる。無重力の中で人間が生活するとすぐに体はボロボロになってしまう。ストレスやトラウマがあるからこそ人間は生きていけるのである。

精神を改善するのは自分自身でしかない。他のだれも助けてはくれないし、カウンセリングなどというものは自分の考えに気づくためのヒントでしかないのだ。それ以上のカウンセリングは意味がないか偏狭的なだけである。大よしんばそれで改善したとしても、それが人生として吉と出るかどうか、それはいに考えねばなるまい。もしカウンセリングで治「されて」しまったら、それは過保護で他力本願そのものである。そうすると苦しみからは逃れることができても、先々の困難に立ち向かう考えは失せ果て、何事においてもリスクを避けて行動するようになりかねない。

そして、カウンセラーの言葉を頼りに生きていくことになるが、このような状態をカウンセリング中毒と呼ぶ。このようなカウンセリングをしてはいけないのだ。

●――薬害にあわないためにはどうするかと薬害の対処法

①精神薬を複数種飲んでいる
②精神薬を三年以上にわたって飲んでいる
③薬を飲んでからむしろ悪くなっている
④社会的な事情から起こった症状に精神薬を飲んでいる
⑤精神科にかかってから病気が悪化しているといわれる

このうちのいくつかに当てはまる人は要注意である。その人はすでに詐欺か薬害にはまっている可能性があるからだ。

この数年で私は精神薬の恐ろしさも、時にその強力な鎮静効果も体験してきたわけだが、最近はさらに使う回数が減っているのを感じる。少なくとも地元の患者さんで、私の著書も活動も精神科の怖さも何も知らない人の場合、ほとんど精神薬を出すことがなくなってしまった。出すとしてもまず一剤少量で、頓服として出す頻度が圧倒的に高い。

ところがまっさらな患者さん（薬漬けで転院してくる患者さんでない場合）は、これで大半の人が良くなることに今更ながら驚きを感じている。

たとえば不安やパニックを起こしたという患者、職場のトラブルや人間関係でうつになったという患者、近所トラブルや社会的な問題でさまざまな身体症状（たとえば動悸、胸部のしめつけ、食欲低下、便通異常など）を示す患者、体裁や人の目や評価を気にして妄想的になっている患者、DVや虐待やパワハラに関係する患者。これらみなが精神薬を使わないほうが良くなる。

具体的には、

精神薬を使わない

←

精神的な苦痛を感じる、麻痺しない

←

根本的解決のためには何をすべきか考える

←
苦労してでも良くなるために状況を変えようとする
←
改善する

という過程をたどる。

もしどなたかが①～⑤に当てはまるのだとしたら、これまで書いてきた詐欺について心当たりがあるのだとしたら、薬はできる限りやめねばならない。

しかし、精神薬というのはそう甘い代物ではない。やめるときも強力な禁断症状や悪化を呈することがあるので注意が必要である。やめたとしても後遺症が残る可能性はある。

しかし、飲んでいれば悪くなりこそすれ、良くなることは期待できない。「行くも地獄、戻るも地獄」かもしれない。そこから抜け出すためには心がけも大事だが、具体的な減薬の方法と精神医学はまったくのデタラメであることを認識することが最も必要である。

ここでは「ロサンゼルス・タイムズ」に掲載された、有名なナンシー・アンドリーセン医師の話を紹介しよう。

彼女は抗精神病薬の投与が、患者の脳の萎縮に関連していることを示す研究の主任であった。この研究は一四年にわたって行なわれ、新たに統合失調症と診断された患者の脳を定期的にスキャンし、全体積と脳の主構成部位を測定した。

最も脳質量の減少（萎縮）が大きかったのは、集中的に抗精神病薬の薬物治療を受けた患者、つまり最も長期的かつ最大用量の投薬を受けた患者であることが判明。精神症状の重症度、違法薬物、アルコールなどの乱用よりも抗精神病薬による薬物治療のほうが、はるかに脳を萎縮させることが判明したのだ。萎縮は脳の随所に見られ、脳の異種領域や左右の脳の伝達「白質」、また重要な能力を司る「灰白質」でも起きていた。

また抗精神病薬は代謝変化（たとえば糖尿病）や体重増加にも関連するとされている。体の代謝を変え脳を破壊萎縮させ、さまざまな副作用と依存と不可逆的な損傷をもたらす危険な毒物なのである。

だからこそ精神薬はやめねばならない。

●――薬を減らす原則

薬を減らすときには、以下の原則をまず心掛けてほしい。

①複数処方の場合、まず単剤処方をめざす。
②ちょびちょび減らす、が基本である。決して一気にやめてはいけない（一気に減らしてくれる入院施設や協力してくれる人がいる場合は除く）。
③最も有害な副作用を呈しているものから減らす。
④抗パーキンソン病薬が入っている場合、離脱症状を緩和してくれる作用もあるため、抗精神病薬同様一気に減らさない。
⑤覚醒剤や麻薬まがいの薬なので、禁断症状は必ず起こるということを前提にする。
⑥精神科医の理屈、精神科医の脅しに決して屈しない、惑わされない。

⑦精神薬を減らしたりやめたりしたとしても、患者自身の考え方が変化しない限り、決して治るという状態には入らないことを理解する。
⑧減薬に関しての感覚は本人の感覚をすべて第一に考える。家族の意見は重視しない。
⑨量にもよるが、複数処方を単剤化するだけで六～九カ月程度かかることをあらかじめ理解しておく。
⑩単剤化された処方をやめる場合は、さらにゆっくりちょびちょびと行なう。
⑪薬をやめることができれば二度と精神科にはかからない。

●――薬ごとの対応法

精神薬ごとにも少し述べておく。

◉抗精神病薬

複数処方の場合、古い第一世代抗精神病薬から整理してなくしていく。ＣＰ

換算値が一〇〇〇を超えるなどの大量処方の場合は、二～四週間を目安にCP一〇〇ずつほど減らしていく。ただ過鎮静が強い場合はCP二〇〇程度減らすこともありうる。CP換算値で八〇〇程度と四〇〇程度と二〇〇程度に山があると認識しておく。その周辺では一度減薬をストップし、様子を見て本人が薬剤量に慣れているかを確認してから減らすことが望ましい。

◉抗うつ薬

複数処方の場合、三環系などから先に減らしていく。抗うつ薬一種類になればそこから先は八分の一～四分の一程度の量を目安に、二週間から四週間で減らしていく。

薬の量に慣れず倦怠感やアカシジア（アカシジアは、静座不能症状で理由なくそわそわした状態のことを言う。抗精神病薬による副作用として出現することがある。また、強い作用を持つ薬物になるほど、この症状が出現しやすくなる。精神薬の禁断症状によっても出やすい）などが強い場合は期間を延長する。

◉抗不安薬

複数処方の場合、比較的力価が低い抗不安薬（「ワイパックス」や「セルシン」など）を残すようにする。ベンゾジアゼピン系は依存が強いので、一気に減らしていくか、ちょびちょび減らしていくかを、はっきり医師・患者間で意思統一することが重要である。

なぜならベンゾジアゼピン系は、特に患者本人の性格に依存性が左右されやすいので、性格に応じて減薬スピードをどうするか相談することが重要だからである。

ちょびちょび減らしていく場合はアシュトンマニュアルが参考になる。アシュトンマニュアルはベンゾジアゼピン依存の権威である、イギリスの精神科医ヘザー・アシュトン教授がまとめたものである。ジアゼパム置換などの方法を中心に断薬方法の一つとして参考になるが、アシュトンマニュアルの方法では離脱できない場合もあるし、新たにジアゼパム依存を形成してしまうこともあるので、固執しないことが重要である。

基本は八分の一〜四分の一程度の量を目安に、二週間から四週間で減らしていくことを考える。私自身は苦しいのを承知で、覚醒剤のようにできるだけ早く抜くことを推奨しているが、同意する患者さんは少ない。急速離脱法は非常に危険を伴う方法なので（覚醒剤を抜くときの危険さをイメージしてもらえばよい）、必ず精神薬の減薬を多数行なった医師と相談してから、行なっていただきたい。

◉気分安定薬

気分安定薬は抗精神病薬や抗うつ薬や抗不安薬に比べると、まだ依存性や副作用は少ない。ただだからといって安全な薬でもなんでもないので、やめていくことがやはり望ましい。通常、気分安定剤は単剤で出されているか、抗うつ薬や抗精神病薬の補強で出されることが多い。このためまずは抗精神病薬や抗うつ薬の減薬を優先する。

ターゲットの症状をはっきりさせて、気分変調を考えるなら最後の単剤を気分安定薬にしてからやめていく。やめ方の八分の一〜四分の一程度の量を目安に、二週間から四週間で減らしていくことに変わりはない。薬の量に慣れない場合は期間を延長するのも同じである。

◉抗パーキンソン病薬

副作用止めとしてよく用いられるが、必ずやめねばならない薬剤である。ただそうはいってもこれを抗パーキンソン病薬を急激にやめることは、悪性症候群を含めてかなりのリスクを伴う。抗精神病薬の減量に伴い同様に少しずつ量を減らし、抗精神病薬のCP換算値が二〇〇前後になった時点で、明らかな錐体外路症状（抗精神病薬の副作用などで生じる、パーキンソン病のような症状、アカシジア、眼球上転、体が動かなくなったり逆に勝手に動いてしまったりするような症状の総称）がなければ最低量にしてからやめていきたい。

おわりに――まともな精神科医に出会うためには

最後にあらためて、まともな精神科医に出会うための秘訣を書いてみる。

それはひと言でいえばドクターショッピングをせよ、というこれまた〝人でなしやくざ医師〟の本領を発揮すべき意見からである。

本来、精神科領域では、同じところに通院しなければならないと口酸っぱく言われる。

転院するときに必ず紹介状がなければいけないのも、はっきりいって精神科だけである。このこと自体が、これまで述べてきたとおり精神科利権を守るシステムになっている。

患者側としては、これを守ってはいけない。精神科医に限らず、医師という相手は丸投げする相手ではなく、協調すること、手厳しくいえば、うまく利用するくらいの気持ちでなければならない。逆にいえば、紹介状がなくても受け入れてくれる精神科医は、まともな精神科医かもしれないという皮肉が成立する。

精神科医は危険な毒を出す薬屋であり、収容所の管理人にすぎない。その人間たちに癒しや根本的な改善など決して望んではいけないのである。本来このような科は世の中に存在してはいけない。実際、平和な南国などであれば精神科などないはずである。成熟した社会であるほど精神科は必要なくなる。日本が未熟であるといわれればそれまでだが、そのまま未熟でいていいわけはない。この国からも精神科は放逐されていかねばならない。

またまともな精神科医に出会うためには、第一印象で医師を判断しないこと、何より人間性で精神科医を判断しないことが重要である。

これまた異なことをと仰せかもしれないが、精神科医自身に癒しを求めてはいけない。もし、この本を読んでもあなたが精神科医にかかるのであれば、副作用の少ない処方にこだわる精神科医をこそ選んでほしい。

あなたががんになったとき、手術の腕前はいいが口の悪い医師と、すごく優しいが手術の腕前はからっきしの医師とどちらを選ぶだろうか。

多くの薬を出す医師とは、名医、良医とは対極に位置するものである。何も出さない医師、必要なときだけ必要最低限の薬を処方し、薬を毒だと認識できる医師、その医師こそが私などより優れた真の精神科医であるだろう。

少なくとも私のクリニックでは、診察室で会話が通じるのなら精神疾患ではないと判断する。

どうしても診断を欲しがる人が多いので、その場合は診断書に照らし合わせると「○○障害」だが、それを障害と呼ぶこと自体、社会がおかしいなどという説明をする。

この説明は世の中で起こっていること、大企業や国のやっていることを疑わない人には到底受け入れられまい。日本中がメンタルヘルスを充実させることに躍起になっていること自体、詐欺の塊であることを理解できない人々は、ただただ食い物にされていくしかないのだ。それがこの業界の真実であることを決して忘れないでいただきたい。

本書を執筆するにあたり、精神医学の人権侵害問題に取り組む市民団体「市民の人権擁護の会」の米田倫康氏、小倉謙氏、「精神医療被害連絡会」の中川聡氏には資料提供などの面でたいへんお世話になった。また、海外の文献については、精神医療を追及するサイト「光の旅人」も参考にさせていただいた。心より御礼を申しあげる。

【参考文献】

『精神科セカンドオピニオン2』適正診断・治療を追求する有志たち著／シーニュ
『精神疾患・発達障害に効く漢方薬』内海聡著／シーニュ
『日本の「薬漬け」を斬る』内海聡、中村信也著／日新報道
『乱造される心の病』クリストファー・レーン著／寺西のぶ子訳／河出書房新社
『暴走するクスリ？』チャールズ・メダワー、アニタ・ハードン著／吉田篤夫、浜六郎、別府宏圀訳／医薬ビジランスセンター
『抗うつ薬の功罪』デイヴィッド・ヒーリー著／田島治監修／谷垣暁美訳／みすず書房
『薬害はなぜなくならないか』浜六郎著／日本評論社
『懲りない精神医療 電パチはあかん!!』前進友の会編集企画／千書房
『DSM-IV-TR精神疾患の分類と診断の手引・新訂版』American Psychiatric Association著／高橋三郎、大野裕、染矢俊幸訳／医学書院
「平成21年度精神保健福祉資料」厚生労働省社会・援護局障害保健福祉部精神・障害保健課、国立精神・神経医療研究センター精神保健研究所
（DVD）「精神医学：死を生み出している産業」市民の人権擁護の会日本支部制作

【参考HP】

「精神医学、一刀両断!!!」●http://blog.livedoor.jp/psychbuster/

「精神科医の犯罪を問う」●http://blogs.yahoo.co.jp/kebichan55
「光の旅人」●http://schizophrenia725.blog2.fc2.com/
「読売新聞の医療・健康・介護サイトyomiDr.」●http://www.yomidr.yomiuri.co.jp/
「八咫烏」●http://ameblo.jp/sting-n/

著者紹介
内海 聡（うつみ・さとる）
1974年、兵庫県生まれ。筑波大学医学専門学群卒業後、東京女子医科大学附属東洋医学研究所研究員、東京警察病院消化器内科、牛久愛和総合病院内科・漢方科勤務を経て、牛久東洋医学クリニックを開業。2018年現在、断薬を主軸としたTokyo DD Clinic院長、NPO法人薬害研究センター理事長をつとめる。
『睡眠薬中毒』（PHP新書）、『ワクチン不要論』（三五館シンシャ）、『医学不要論』（廣済堂新書）ほか著書多数。

この作品は、2012年4月に三五館から刊行された『精神科は今日も、やりたい放題』を再編集したものである。

PHP文庫　精神科は今日も、やりたい放題
医者が教える、過激ながらも大切な話

2018年8月15日　第1版第1刷
2019年8月6日　第1版第8刷

著　者　内海　聡
発行者　後藤淳一
発行所　株式会社PHP研究所
東京本部　〒135-8137　江東区豊洲5-6-52
第四制作部文庫課　☎03-3520-9617(編集)
普及部　☎03-3520-9630(販売)
京都本部　〒601-8411　京都市南区西九条北ノ内町11
PHP INTERFACE　https://www.php.co.jp/
組　版　月岡廣吉郎
印刷所　株式会社光邦
製本所　東京美術紙工協業組合

ISBN 978-4-569-76850-2

PHP文庫好評既刊

志らくの言いたい放題

立川志らく 著

落語協会から脱退して生まれた立川流の家元・談志と弟子たち。その奇妙で独特な世界を、談志イズムを継承した志らくが軽妙に語る。

定価 本体七二〇円（税別）

PHPの本

睡眠薬中毒

効かなくなってもやめられない

内海 聡 著

「副作用はありません」は嘘。ゲートウェイ・ドラッグといわれ、依存性が高い。うつ病や認知症のリスクを高めるといわれる、危険なクスリだった！

【新書判】 定価 本体七八〇円（税別）